売り出された花嫁

赤川次郎

売り出された花嫁　目次

泣きぬれた花嫁

売り出された花嫁

泣きぬれた花嫁

プロローグ

ここでいいのかしら……。

結《ゆい》は、何度も今自分が立っている地下鉄の出入口を振り返って確かめていた。

午後六時という約束の時間は、もう十五分過ぎている。彼に連絡しようとしたが、ケータイでかけてもつながらないのだ。

でもまあ、十五分くらいなら、何かの都合で遅れることはあるだろう。

それにしても……。どうしてこんな場所で待ち合せたんだろ?

「でも、メールにそうあったんだもの」

と呟《つぶや》く。

夕方になって、急に雲が出て来た。風が湿り気をはらんでいる。

雨が降るのかしら……。家を出るとき、急いでいたので、傘を持たなかった。

だけど、きっと彼は来てくれる。

人通りが少ない。官庁街で、大きな建物が並んでいるが、通りを行き来する人の数は多くないのである。

ましてや、地下鉄の出入口にポツンと立っている女の子など、他に一人もいない……。

心細くなった結はもう一度ケータイを手にして、彼にかけてみたが、やはりつながらないままである。

もう二十分……。

ため息をつく。——本当に、彼は来てくれるのかしら？

そのとき、広い道路を何かザワザワと人が近付いて来た。

——久保寺《くぼでら》結は二十一歳。S女子大の三年生である。今待っている相手は原口《はらぐち》といって、つい三日前の合コンで会ったサラリーマン。

久保寺結は、二十六歳というこの爽《さわ》やかな感じの男に一目惚《ぼ》れしてしまった。

アドレスを交換していたので、翌日思い切ってメールしてみると、

〈食事しようか？〉

という返事があって舞い上った。

そして——今、指定された地下鉄の駅の地上出入口で待っているのだが……。

「何かしら？」

と、道の角から覗《のぞ》いてみると、何かのデモらしい。

そうか。この辺、お役所ばっかりだものね。

静かなデモで、スピーカーで怒鳴ったり、シュプレヒコールっていうのか（結はよく知

らないが)、拳《こぶし》を突き上げて、「××反対!」とかやってもいなかった。

ただプラカードらしいものを掲げて歩いているだけ。目の悪い結には、プラカードの文字も読めなかった。

ただ、びっくりしたのは——警官の数の多さだった。

デモしているのは、たぶん結と同じような世代の大学生。人数は、せいぜい四、五十人だった。それなのに、デモ隊の周囲を、グルッと機動隊が楯《たて》を手にして取り囲んでいるのである。

どう見ても、デモ隊の倍以上はいる。

「へえ……」

女子大で、およそ社会問題とかには関心のない結だが、この警備にはびっくりした。

でも——私には関係ないもん。

デモは——というより、機動隊の黒い塊が近付いて来て、結は思わず後ずさっていた。

そして……。

一体何が起ったのか、結には全く分らなかった。

地下鉄の駅から、突然何人かの男たちが駆け上って来た。手に手に、長い棒やバットを持っている。

そして、いきなり機動隊へ殴りかかったのだ。

結はただ、目を丸くして眺めているばかりだった。

機動隊が応戦する——のかと思ったら、楯でバットを受けただけで、殴り返したりしない。殴りかかった方も、それ以上は何もしないで——。

突然、機動隊の隊列が崩れたと思うと、囲んでいた中のデモをしている学生に向って、警棒を振り上げ、殴りかかったのである。

え？　どういうこと？

目の前、ほんの七、八メートルの所で起ったことを、結は唖然《あぜん》として眺めていた。

機動隊の中を割って、学生たちが駆け出して来た。そして、結にぶつかりそうになりながら、地下鉄の駅へと階段を駆け下りて行く。

いきなり、腕をぐいとつかまれた。

「あの——」

「逃げろ！」

男子学生だった。「早く逃げないとやられるぞ！」

「私、別に——」

「早く！　走れ！」

背中を思いきり突かれて、結は何だかわけも分らず駆け出していた。駅へ下りる階段へは機動隊員も雪崩のように駆け下りて行ったので、結は外の通りを、ともかく人のいない方へ走り出した。

何しろ運動と名のつくものはほとんどやっていない。少し走ったら、すぐ息が切れてしまった。

「いやだ、もう！」

と、喘《あえ》ぎながら言って、足を止める。

ずいぶん走ったつもりだったが、ほんの数十メートルだった。

どうして私が逃げるの？　関係ないのに！

気が付くと──結は機動隊員に囲まれていた。

「あの……。私、関係ないんです」

と、結は言った。「あの駅の所で、人と待ち合せてただけなんです。だから……分ります？」

結は無理に笑顔を作った。

「ご苦労さまです。あの──私、全然デモとか関心なくて──」

と、後ろを振り向くと、真直ぐ警棒が振り下ろされるところだった。

1 暗転

「亜由美《あゆみ》」

と、神田《かんだ》聡子《さとこ》は親友の肩をつかんで揺さぶった。「――起きなよ」

「なあに？　もう一軒、飲みに行く？」

と、トロンとした目で亜由美は聡子を見上げる。

「何言ってんの！　もういい加減酔っ払ってるじゃない」

「そう？　私……酔ってないよ！　ただ……眠くて頭が痛くてぼーっとしてるだけ」

「それを酔ってるって言うのよ！」

「そうか……。知らなかった！」

塚川《つかがわ》亜由美は、同じ大学の仲間数人と鍋《なべ》を食べに来て、日本酒ですっかり酔ってしまっていたのである。

「ケータイが鳴ってるよ」

と、聡子が言った。

「へ？」

「あんたのケータイ。さっきからバッグの中で鳴ってるって」

「そう？　聡子、あんたって耳、いいのね」

確かにバッグからケータイを取り出すと、鳴っている。

「誰から？」

「ええと……。あ、結ちゃんだ」

「結？」

「久保寺結。高校のとき知り合いだった。──何だろ？　もしもし」

と、ケータイに出て、大欠伸《おおあくび》した。

「亜由美さん……」

消え入りそうな声だった。

「もしもし？　──結ちゃん？」

「あの……久保寺結です」

「うん、分った。どうしたの？」

「助けて……」

「え？」

「助けて……下さい」

後は泣き声。

亜由美は、酔いから一気にさめて、

「結ちゃん！　どうしたの？　もしもし、聞こえる？」

と、周囲がびっくりするような声を出していた……。


「殿永《とのなが》さん」

亜由美は、殿永部長刑事の顔を見てホッとした。

「遅くなってすみません」

と、殿永は言った。「外せない用事がありまして」

「いえ、すみません、来てもらって」

と、いつになく遠慮がち。

「連絡はしてあります」

と、殿永は言った。「デモに加わって、機動隊員に暴力を振った、という疑いだそうですが」

「そんなこと、あり得ない！」

と、亜由美は言った。「結ちゃんはそういう子じゃないんです」

「ともかく、釈放してくれるそうですから」

「良かった……。お宅へも連絡したんですけど」

「ご両親は？」

「混乱してるらしくて。私、家まで送って行きます」

「そうですか」

二人が待っていると、

「連れて来ました」

と、刑事がやって来て、「まあ、今回は大目に見ようということで」

「そうですか」

「お手数でしたな」

と、殿永が言った。

本当に何かやっていれば、「大目に見る」などということはあり得ないだろう。

結が、ケータイで途切れ途切れに説明したように、たまたまその場にいた結が巻き込まれたのに違いない、と亜由美は思った。

フラッとよろけるように、結が現われた。

「――結ちゃん！」

亜由美は息を呑《の》んだ。頭に包帯が巻かれていたが、血がしみ出し、顔には乾いた血が筋を描いている。

「大丈夫？　痛む？」

「私……何もしてなかったのに……。いきなり殴られて……」

結は、亜由美へすがりつくようにして泣いた。

「病院へ連れて行くのが先だ」

と、殿永が言った。「私の車があります」

「お願いします！」

亜由美は、結を支えて歩き出した……。


「ひどい傷だ」

と、若い当直の医師は首を振って、「どうしたんです、一体？」

「はあ……」

「喧嘩《けんか》ですか？　それにしても、何度も殴られてる」

「そんなに？」

「とりあえず今夜は入院して様子を見ましょう」

と言った。「明日、脳の検査もした方がいいですね」

「親に連絡します」

亜由美は息をついて、「殿永さん、もうここで……」

「いや、私も無縁ではありません」

殿永は厳しい表情で言った。

「殿永さん……」

「分りました。仕事もあるので失礼しますが、事情は必ず調べてお知らせします」

「よろしく」

と、亜由美は言った……。

しかし――病院に、結の母親、香子《きょうこ》がやって来たのは、二時間以上たってからだった。

「まあ、塚川さん、すみません」

「ごぶさたして」

と、亜由美は言った。

「結は……」

亜由美の説明に、母の香子は唖然《あぜん》としていたが、

「警察に……。あの子が」

「巻き込まれただけです。当人もそう言っていますし、間違いないと思います」

しかし香子は、

「どうしたら……。捕まるような悪いことをする子じゃ……」

と呟《つぶや》いている。

「久保寺さん……」

「でも、捕まったってことは、やっぱり何かしたんですね」

「え？」

「主人が……心配して」

「当然ですよ、娘さんのことですもの」

「いえ、仕事にさしつかえる、って」

「仕事に？」

「主人の会社は、警察のお仕事をさせていただいてるんです。こんなことが知れたら、仕事が来なくなる、と……」

亜由美は愕然《がくぜん》とした。

「しっかりして下さい！　結さんは何もしてませんよ」

「だといいんですけど……。でも、一度逮捕されると……」

「結さんのけがが心配じゃないんですか？」

と、亜由美は苛々《いらいら》して言った。

「それはもう……。もちろん心配ですけど……」

香子は、ただオロオロするばかりで、「あの……裁判とかになるんでしょうか」

「私には分りません」

と、亜由美は素気《そっけ》なく言った。「ともかく、入院の手続きをしてあげて下さい」

「ああ……。そうですね。入院。入院しなきゃいけないいんでしょうか」

亜由美は、相手をしているのも腹が立って、

「そこのナースステーションで、診てくれたお医者さんから話を聞けるように頼んだらいかがですか」

「はい、どうも……。どうもすみません」

香子がナースステーションの窓口へ、おずおずと近付いて行く。

「どうなってるの？」

と、亜由美は思わず呟いた。


「あんたはお節介が過ぎるのよ」

と、神田聡子が言った。

「どうせ」

と、亜由美は言って、ホットドッグにかみついた。

ほとんど八つ当りである。

大学の昼休み。学生食堂はにぎわっていた。

「でも、その子の場合は仕方ないね」と、聡子はしっかりランチを食べながら、

「助けてくれ、って言われたら放っとけないもんね」

「でしょ？　それなのに、母親と来たら……」

「その後、連絡は？」

「ない。もう三日たってるから、退院してるだろうとは思うけどね。でも、こっちから訊《き》く気にならない」

もちろん、久保寺結のことは心配だ。しかし、あの母親の様子では、よほどの事情があると思えた。

「何かあれば言って来るでしょ」

と、亜由美は言って、コーヒーを飲んだ。「最近、ここのコーヒー、まずくなったと思わない？」

「古い豆、使ってんのよ、きっと」

と、聡子が言った。

「あ、ケータイだ」

亜由美はバッグからケータイを出すと、「──はい、もしもし。──え？　誰？」

話を聞いた亜由美は、ちょっと首をかしげたが、

「分った。すぐ行くわ」

「どうしたの？」

「うん。同じゼミの子。誰だか、私のこと訪ねて来てるって。事務室の窓口の前で」

「何かのセールスマンじゃないの？」

「何だか、爽《さわ》やかないい男だって」

「一緒に行ったげる」

聡子は即座に立ち上った。

——二人が事務室へ行ってみると、

「ああ、塚川さん？　あちらの方がお待ち」

と、事務の女性が指さしてくれた。
二十六、七という感じのサラリーマン風の男。確かに、スッキリした印象だ。
「塚川ですが」

と、声をかける。

「ああ！　突然すみません」

名刺を出して、「原口といいます」

原口寿夫《ひさお》。〈N事務機〉と名刺にあった。

「どんなご用ですか？」

「久保寺結さんのことで」

意外な言葉だった。

ロビーの長椅子にかけて、亜由美と聡子は原口の話を聞いた。

「――僕が待ち合せの駅を間違って連絡してしまったんです」

と、原口は言った。

「それで結ちゃんが……」

「デモ隊と機動隊の争いに巻き込まれたようです」

「そんなことがあったんですか」

「結さんの大学の友だちから、事件のことを聞いてびっくりして……。警察に問い合せたら、塚川さんが身許《みもと》引受人になったと……」

「ええ、まあ……」

「実は、彼女に連絡してるんですが、返事がなくて」

「私も分らないんです」

と、亜由美は首を振った。「大学には行ってないんですか？」

「それが……」

と、原口は肩を寄せて、「友だちの話では、結さんは退学になった、とか」

「退学？」

「確かな話かどうか、その子も分らないようでしたが、そういう噂だと言っていました」

「けががひどいのかしら……。分りました。あの子の家は知ってますから、訪ねてみますわ」

「そうですか」

「良かったら、ご一緒に?」

「行きたいんですが……。仕事を抜け出して来たものですから」

「じゃ、何か分ったら連絡しますわ」

「よろしく!」

原口は、あくまで亜由美にていねいな口をきいていた。

2　悩みの日

「まあ、その節はどうも」

玄関に出て来たのは、母親の久保寺香子。

「結さん、いますか？」

と、亜由美は訊いたが、

「あの子――家出してしまったんです」

「家出？」

亜由美は目を丸くした。

「そうなんです。本当に困った子で……」

「でも、家出するからには、何か理由があったんでしょう？」

「それは……うちの問題ですので」

と、香子は言った。

「けがの方は、もう治ったんですか？」

「ええ、それは……。手当していただいて」

香子は、亜由美に上らせたくない様子だった。早く帰ってほしい、という気持が、口調に感じられる。

「そうですか」

と、亜由美は肯《うなず》いて、「一つ教えて下さい。結さんが大学を退学になった、って本当ですか？」

「それは――」

と、香子は詰《つま》った。

「本当なんですね」

「たぶん……」

「たぶん、ってどういうことですか？　親ごさんもご存知ないんですか」

「本人からそう聞きました」

「どうして退学に？」

「さあ……」

香子は両手の指を絡めるようにして、ひどく不安げだった。

「何をそんなに怯《おび》えてらっしゃるんですか？」

「怯えて？　私がどうして……」

亜由美は諦《あきら》めて、

「失礼しました」

と、一礼すると、久保寺家を出た。

――何かある。

亜由美は少し行って振り返った。

二階を見上げると、窓の一つでカーテンが素早く閉じられた。

「妙な親ね……」

と呟《つぶや》いて、亜由美は再び歩き出した。


「あの娘か」

二階から下りて来た久保寺市郎《いちろう》は言った。

「ええ……。結のことを助けて下さった方よ」

と、香子が言った。

「余計なことを！」

と、久保寺市郎は吐き捨てるように言った。

「でも、あなた――」

「何も言うんじゃないぞ。分ったな」

「ええ……」

「しかし、あの娘が結に会いに来たってことは、あの娘の所にはおらんということだな」

「そうですね。――結、どこにいるんでしょう？」

「放っておけ。腹が空《す》けば帰って来る」

「そんな、犬か猫みたいなこと言って」

「自分で稼いで生きてるわけじゃない奴は、犬猫と同じだ」

久保寺は突っぱねるように言った。「いいな。甘い顔を見せるんじゃないぞ」

「あなた……」

「結に謝らせるんだ。そして、警察のために証言することを承知させる。それを納得しない内は、たとえ帰って来ても、家に入れるな」

厳しい口調でそう言うと、久保寺はまた二階へと上って行ってしまった。

残った香子は、ため息をついた……。


「この辺だと思うけど……」

と、結は呟いた。

住宅地では、人の家を訊《き》くにも、なかなかそういう店がない。

そろそろ夕方で、買物帰りらしい女性も目につくのだが、声をかけるのも気後れしてしまう。

「住所からすると……」

と、結は道の角を曲って、足を止めた。

目の前に、背広姿の男が立ちはだかっていた。結を見て、ニヤリと笑う。

「——何ですか？」

と、結は後ずさりしながら言った。

「どこへ行くんだい？」

と、男は訊いた。

「そんなこと——あなたに関係ないでしょ」

と、結は言い返した。

三十代半ばくらいと見える男は、急に荒っぽい口調になり、

「年上の人間に、そんな生意気な口をきいていいのか！」

と怒鳴った。

結は身がすくんだ。——機動隊員に殴られてから、「暴力」を思わせるものに怯えてしまう。

「お前みたいな生意気な女は、お仕置してやる必要があるな」

と、男は近寄って来た。

「やめて！」

大声を上げたつもりだったが、かすれた声しか出ない。恐怖で喉《のど》がこわばってしまうのだ。

「謝れ」

と、男は結の腕をつかんで、「土下座して謝れ!」

そのとき、激しく犬の吠《ほ》える声がして、男は振り向いた。カシャッとケータイで写真を撮った音。

ダックスフントを連れた主婦が、ケータイを構えている。

「しっかり写ったわよ」

塚川清美《きよみ》は楽しげに言った。「どこかに写メールしてあげましょうか? 女の子に乱暴しようとする情ない男、って」

「何だと」

と、男が向き直ると、ダックスフント——むろんドン・ファンである——が更に甲高い声で吠え立てた。

「その内、この子の声を聞いて、ご近所さんが何ごとかと出てくるわよ。人目のある所で年寄りを殴る?」

男は清美をにらんで、

「憶《おぼ》えてろ!」

と言い捨てて行ってしまった。

「――大丈夫？」

「はい……」

と、結はまだ震えながら、「あの――もしかして、塚川さんですか？　その犬、ドン・ファン？」

「ええ、そうよ」

「良かった！　ずっとこの辺を探し回ってたんです」

と、胸に手を当てる。

「亜由美にご用？　――ああ、この間、デモに巻き込まれたっていう？」

「はい。久保寺結です」

「亜由美がブツブツ言ってたわ。いらっしゃい。案内するわ、わが家へ」

「ありがとうございます！」

一緒に歩きながら、「勇ましい犬ですね」

ほめられて、ドン・ファンがグッと胸をそらす。

「あの男、知ってるの？」

と、清美が訊く。

「いいえ」

「いやな奴ね。何だか『虎の威を借るキツネ』に見えたわ」

清美は家へ結を上げて、

「――じき、亜由美も帰るでしょ。ゆっくりして」

と、居間へ通し、「何を飲む？　コーヒー、紅茶、ココアにウーロン茶、何でもあるわよ」

するとき、

「ずいぶん待遇違うじゃないの」

と、亜由美が顔を出した。

「あら、帰ってたの」

「ついさっきね。私にはお茶一ついれてくれないくせに」

「そりゃ、あんたのためよ。愛ゆえに突き放してるのよ」

「分んない」

と、亜由美は首を振って、「結ちゃん、大丈夫？」

「亜由美さん……」

結は、亜由美の顔を見るなり、安心した子供のように、ワッと泣き出した……。

「ひどい目にあったわね」

と、清美が、久保寺結の頭の傷を見て言った。

「でも、幸い中は大丈夫って……」

と、結は弱々しく微笑んで、「頭悪いのはもともとなんで」

「でも、問答無用で退学って……。大学も情ないわね」

と、亜由美は誰に怒りをぶつけていいか分らず、「お母さん！　うんと苦いコーヒー！」

「私もいただくわ」

と、清美が立って行った。

「結ちゃん、私の大学に、原口さんが訪ねてみえたわよ」

亜由美の言葉で、結の表情がパッと変った。

「本当に？　私のこと――」

「ええ、退学になったらしいってことも知ってた。自分のせいだ、って心配してた」

亜由美の話を聞くと、

「そうだったんだ……。おかしいと思ったのよね。あんな所で待ち合せって」

結は、ずいぶん落ちついた様子だった。

「原口さんに連絡してみなさいよ」

「ええ、そうするわ。――来て良かった！」

三人は、清美のいれたコーヒーを飲んで、一斉に、

「苦い!」

と、声を上げ、一緒に笑った……。

「——ね、結ちゃん」

と、亜由美は言った。「どうしてご両親はあんなにびくびくしてるの?」

「私にもよく分らない」

と、結は首を振って、「父は、ともかく仕事第一の人なの。今の会社を一人で始めて何とか今までにしたんで、実の子より、会社がまず『わが子』なのね」

「だからって……」

「私が政治のことだの、学生運動だのに全然関心ないことぐらい知ってると思うんだけど、ともかく間違いでも一度逮捕されたってことが許せないみたい」

「お母さんは?」

「母も父の言うなりの、おとなしい人だから……。亜由美さん、羨《うらや》しい。すてきなお母様がおられて」

「まあね……」

と、亜由美は嬉《うれ》しそうな清美の方をチラッと見た。

「ただ……家出はしたけど、私、行く所がなくて。亜由美さん、どこでも寝るから、ここに二、三日泊めてくれない?」

「もちろん構いませんとも！」

清美が代りに答えた。「何なら二、三年でもどうぞ」

「いくら何でも……」

と、亜由美は呟《つぶや》いた……。


結は取り調べのとき、ケータイを取り上げられた。解放されたときに返してはくれたのだが、中のデータが消されてしまっていた。

亜由美が原口のケータイの番号を教え、結は喜んでかけてみた。

「——もしもし？」

「原口さんですか？　私、あの……」

「ああ！　結さんだね！」

「はい。塚川さんに番号聞いて」

「いや、本当にごめん。僕が待ち合せる駅を間違って教えたもんだから……」

「いえ、私も確かめれば良かったの。ちょっと変だな、って思ったんだけど」

「あの辺の役所の売店に文房具を入れてるんで、年中行くんだ。それでつい駅の名前を……」

「いいんです、もう」

「良くないよ。大学——退学になったって？」

「ええ」

「ひどい話だな。——ね、もし良かったら今夜、食事しないか」

結はポッと頬を染めた。

「嬉しい！　行きます。どこへ？」

「今度は間違えないようにするよ」

と、原口は言った。

「本当ね」

結は声をたてて笑った。

亜由美は、遠慮して外していたが、結の笑い声が聞こえてホッとした。

ただ一つ気になったのは、母、清美から聞いた話。——近くで、結を脅しつけた男がいたという。

「あれはただのチンピラじゃないと思うわ」

と、清美は言った。「私の直感。あの男はどこかの組織に属してる。そういう雰囲気があったもの」

ちょっと「人間離れ」したところもある清美だが、その分、直感は鋭いものがある。

「じゃ、用心した方がいいってことね」

「そう。もし結ちゃんがデートするっていうのなら、ボディガードについて行きなさい」

「人のデートに?」

「あんたも誰か連れてきゃいいのよ」

と、清美は言った。

「だって……。谷山《たにやま》先生は忙しくってそれどころじゃ――」

と、亜由美が言いかけたとき、

「ワン!」

と、自分の存在をアピールしたドン・ファンであった……。

3　潜行

「何だかなあ……」

と、亜由美はぼやいた。

母の忠告を聞いて、結も「ぜひ一緒に」と言ったので、ついて来たのだが……。

原口と結は、レストランの奥の方のテーブルで楽しく談笑している。そして亜由美はというと、レストランの方から、

「犬はどうも……」

と言われて、仕方なく一人で入口のすぐ近くのテーブルに。

ドン・ファンは店の前でふてくされているに違いなかった。

しかし、「二人で楽しく話しながら食べる」のと、「一人で、ただひたすら食べる」のは大分違う。

亜由美は早々と食べ終ってしまった。

「――ちょっと見てくるか」

ドン・ファンがむくれているだろう、というので、席を立ち、店の外へと出た。

「おとなしくしてる？」

と傍《かたわら》に寝そべっているドン・ファンに声をかける。

ドン・ファンは聞こえないふりをして、ヒョイと横を向いてしまった。

「そう怒るなって。仕方ないでしょ。なじみの店ってわけじゃないんだし」

と、亜由美が言って、「あーあ……」

と、腰を伸していると、

「失礼ですが」

と、声をかけられた。

「はい？」

振り向くと、同じくらいの年代の女性が立っている。ＯＬ風のスーツ姿だが、何だか借り着のようで似合っていない。

「すみません。久保寺結さんの付き添いの方でしょうか」

「ええ、まあ……」

「良かった。お顔がはっきり分らなかったものですから」

「あなたは……」

「Ｋ大の学生で、雨宮《あまみや》エリといいます」

「やっぱり学生さん？　ＯＬに見えませんよ」

「見えませんか？　困ったな」

「あなた、どういう……」

「久保寺結さんの身が心配で。――私たち、結さんの巻き込まれたデモをしていたんです」

「まあ。じゃ、あなたも殴られたの？」

「いえ、私たちは様子がおかしいってことに気付いたので、すぐに逃げて無事だったんです。でも、久保寺さんは逃げ遅れて……」

「頭だけでなく、あちこち殴られたみたい。お医者さんが『骨折も内臓破裂もなかったのは奇跡だ』って言ったそうよ」

「本当に気の毒なことを……。久保寺さんはたまたまあそこに居合せただけなんですよね」

「ええ。お嬢さん育ちで、あんまりデモとかするタイプじゃないの」

「分ります。大学を退学になったとか」

「そのようね」

「ひどい話だわ！」

　と、雨宮エリは憤然として言った。

「――今、あなた、『私たち』って言った？　誰か他にも？」

「いえ、それは……」

と、口ごもる。

すると、

「それは僕のことです」

と、現われたのは、ジャンパー姿の若者だった。

「あなたも大学生?」

「ええ、エリと同じK大です。水落《みずおち》といいます」

「出て来ないで、って言ったのに……」

と、エリが顔をしかめる。

「この人は大丈夫だよ」

と、水落は言った。「何しろその犬がいい顔してる」

「まあ」

と、エリは笑った。「犬好きなんで、この人」

「僕らは、今追われてるんです」

と、水落が言った。「ちゃんと届け出してデモをしただけなのに」

「どうして?」

「武器を隠し持っていて、機動隊に殴りかかったって言われて。とんでもない話です。デモした学生の倍もいる機動隊に殴りかかったりするわけがない」

「じゃ手配されてるの？」

「ええ」

と、エリが肯《うなず》いて、「私が捨ててあった古着からこのスーツを見付けて、ＯＬ風にしてみたんですけど。――水落君の顔は知られてるので」

「どこか逃げる先は？」

「何とかなります」

と、水落が微笑んだ。「久保寺さんのこと、よろしくお願いします。警察だって、彼女がデモに加わってなかったことぐらい分ってると思いますが」

そのとき、レストランから当の結が出て来たのである。

「亜由美さん、ドン・ファンは大丈夫？」

と、声をかけたが――。「あ、あなた、あのときの……」

「どうも……」

「私に『逃げろ！』って言ってくれた人ね」

「迷惑かけてすみません」

と、水落が頭を下げる。

「あなたが悪いんじゃないわ。いきなり頭を殴って来た機動隊がひどいのよ」

と、結は言った。

「そう言ってもらえると……。じゃ、僕らはこれで」

「気を付けて」

亜由美がそう言ったときには、もう二人の姿は夜の中へ消えていた。


「円山《まるやま》先生」

と、呼ぶ声を、初めは聞こえなかったことにしようと思った。

しかし、その声はしつこく追いかけて来て、

「学長先生。お話が」

諦《あきら》めそうもない、と分って、円山しのぶは足を止めた。

「何ですか、戸川《とがわ》先生？」

と、振り返るのも半分だけで、「大切なお客様がみえるの。時間がないんです」

「すみません。何でしたら、歩きながらでも」

「いいわ。ここで伺いましょ」

と、向き直って、「何のお話ですか」

「お分りと思いますが、久保寺結のことです。教授会にもはからずに退学とは問題ではありませんか」

「問題を起こしたのはあの子の方ですよ」

「でも、当人の話も聞かずに――」

「必要ありません。私どもは警察を信じていますからね。戸川先生は信じておられないんですの?」

皮肉めいた口調は、どこか芝居じみて聞こえた。

円山しのぶは四十五歳。このS女子大の学長になってまだ一年だった。

紺のスーツが、まるで革のように見える。どこか軍隊風の印象を与える女性だった。

「久保寺結は、負傷して入院していたのです。せめて大学へ出て来るのを待って、話を聞いても良かったのではありませんか」

戸川祥子《しょうこ》の口調には、「むだを承知で、それでも諦めたくない」という意地がにじんでいた。

「もう済んだことです」

と、円山しのぶは言った。「理事会にでも訴えますか?」

冷笑が浮んでいた。――理事会など形だけで、今このS女子大が円山しのぶの「支配下」にあることは、誰でも知っていた。

「いえ……」

戸川祥子は息をついて、「失礼しました……」

「ではこれで」

と、行きかけて、円山しのぶは振り返ると、

「戸川先生」

「はい」

「オックスフォードとの交換留学生、先生のゼミの学生から一人出して下さい。優秀な子が多いですからね」

そう言って、円山しのぶは靴音を響かせて行ってしまった。

石造りの校舎の廊下は足音が響く。

戸川祥子は、しばらくその場に立っていたが、やがて戻りかけて――。

「聞いてたの」

「いやでも聞こえる。この廊下は声が響くからな」

大柄なその男性は、腕組みをして、「円山学長にゃかなわないさ」

「でも、言わずにいられなかったの」

「気持は分る」

二人は並んで歩き出した。

「――気持だけじゃ、あの子は救えないわ」

と、戸川祥子は言った。

「僕は力になれないな。何しろしがない講師の身なんでね」

「でも、気楽でいいわよ」

と、戸川祥子は言って、「――ごめんなさい。あなたに当っても仕方ないわね」

「好きなだけ当ってくれ。丈夫にできてるんだ」

大津竜介《おおつりゅうすけ》は、このS女子大でフランス語を教えている講師だ。

戸川祥子も大津竜介も同じ三十八歳。ただし祥子は教授である。

教授室へ入ると、祥子は大津の胸に抱かれて唇を重ねた。

「――今夜、どうだい？」

「ごめんなさい。学生のレポート、読まないと」

「分った。じゃ、また」

「電話するわ」

大津がニヤリと笑って、もう一度素早くキスして出て行く。

祥子は、本で半ば埋《うま》った部屋の奥の机へ向って、隙間を縫うように歩いて行った。

「――先生」

本棚のかげからヒョイと久保寺結の顔が現われて、祥子は飛び上るほどびっくりした。

「久保寺さん！　いるならいるって言ってよ」

「ごめんなさい。でも、入って来るなりラブシーン始まっちゃったんで、声かけ辛《づら》くて」

「もう……」

「どこまで行くのかしら、ってドキドキしちゃった」

「先生をからかわないで」

と、祥子は苦笑した。

「大津先生とは順調みたいですね。いつごろゴールイン？」

「そんな呑気《のんき》なこと言って！　けがはどうなの？」

「石頭なんで。それに私も今、恋愛中なんです」

「へえ。——それで妙に舞い上ってるのね」

「まあね」

結の笑顔は、いつもの明るさに戻っていた……。


「学長先生」

と、女性秘書がドアを開けて、「お昼はどうなさいますか」

円山しのぶは、大きな机の前で考え込んでいたが、顔を上げて、

「——ああ。いいわ。ちょっと出かけて来るから、途中で食べる」

「分りました。理事長とのお約束が三時です」

「ええ、分ってるわ。それまでには戻るから」

と、立ち上って、円山しのぶはコートをはおると、バッグをつかんだ。

一人になりたかった。それには大学の外へ出るしかない。

専用の駐車場に出ると、自分のBMWに乗り込む。ドアを閉めると、とりあえず外の世界と遮断された気がして、少し安堵《あんど》した。

車を出すと、大学から十五分ほどのレストランへ。

「いらっしゃいませ」

もう顔なじみの支配人が迎えてくれる。

「ランチをね」

「かしこまりました。お二人様でよろしいでしょうか」

円山しのぶの足が止った。――そういうことか。

「ええ。いいわ」

いつもの個室に入ると、

「先に来たから、一杯飲んでた」

と、髪が半ば白くなったスーツにネクタイの男が、ワインのグラスを持ち上げた。

「よく分ったわね」

「君の秘書に電話した。何だか苛々《いらいら》してる様子だったというから、たぶんここへ来ると思ったんだ」

「私はお水で」

と、しのぶは席について、「車だから」

「飲みたいんじゃないのか？」

「だったら、あなたが飲まないで、送ってくれたらいいのに」

「そのつもりさ」

「でもワインを——」

「これくらいで酔いはしないし、検問にも引っかからない」

「それはそうね。——じゃ、私は白ワインを」

二人になると、

「戸川先生が抗議して来たわ」

と、しのぶは言った。

「戸川祥子か。あれも要注意人物だな」

「でも、あの人にいなくなられると困るわ。一番優秀な教授よ。外国で通用するのは、彼女くらいだわ」

「おとなしくしててくれれば何もしないさ」

「それに……戸川先生の言ってることは正しいわ」

と、しのぶは言った。

「君もまだ昔の教師精神が抜けてないんだな」

「学長だって教師よ、一応」

「済んだことは放っとけ」

「でも、久保寺結のことは、そっちのミスじゃないの」

「確かに」

と、男は肯《うなず》いた。「しかし、我々はミスを認めるわけにいかないんだ。ミスが起れば、『ミスをミスでないこと』にするしかない」

「でも、あんまりひどくしないでね」

「向うの出方しだいだな」

と、男は言った。「大切なのは、社会の秩序を守ることだ」

しのぶは何も言わず、ともかく目の前の水を一気に飲んだ。

男のケータイが鳴った。

「――生野《しょうの》だ」

と出ると、「――うん、そうか。よく見張ってろ。――ああ、分った」

しのぶは、電話の内容について、何も訊《き》かなかった。もしかすると自分にも係《かかわ》りのあることなのかもしれないが、係りたくなかった……。

「さあ、ランチをいただこう」

ナプキンを広げ、生野という男はオードヴルの皿を見て微笑んだ。

4　夢

帰って来たら久保寺結が、口笛など吹いているので、亜由美は面食らった。

「何だか楽しそうね」

「ええ！　楽しいの、私！」

と、結はステップを踏んでクルリと回って見せた。

「どうしたの？」

「あのね――私、プロポーズされた！」

と、結は歌うように言った。

「へえ……。おめでとう。原口さんから？」

「他に誰もいないでしょ」

「まあね」

「彼、責任感じてるの。私がけがしたり、退学になったことに」

「じゃ私も殴られようかしら」

と、亜由美は言った。「でも、結婚となったら、お宅の両親にも黙ってるわけにいかないんじゃない？」

「ええ。でもいいの。後で報告する」

「後で？」

「私、もう二十一だもの。誰と結婚しようが自由！」

「そりゃそうだけど。――原口さんもそれでいいって？」

「私の気持を尊重してくれてる。大切なのは、私たちが幸せになることだって」

「まあ、確かにね……」

「だから」

と、結は、いきなり亜由美の前にピタッと座ると、「お願い。この家からお嫁に出して！」

「え？」

亜由美もさすがにびっくりしたが、

「――もちろんだ！」

と、居間へ父親塚川貞夫《さだお》が入って来た。「可愛い我が娘よ！　立派に仕度を整えて送り出してやるぞ」

少女アニメの大ファンという、少々変った父である。

「ありがとう、おじさま」

と、結は言った。

「亜由美はいつになるか分らんからな。お前は遠慮なく行きなさい」

「ちょっと！　それはないでしょ！」

と、亜由美は抗議した。


少し酔っていた。

とはいえ、大津は相当酒が強い。これくらいで千鳥足ということはない。

「全く……。しょうがないよな」

と、一人、ブツブツ言っているのは、寂しい夜道で、誰かに聞かれることもなかったから、ついグチを言っていたのだった。

本当なら、今夜は戸川祥子と二人、水入らずで過すはずだった。

二人で食事をして、少々酔った祥子のマンションに泊る。——当然、何か月ぶりかで祥子を抱ける——と思っていた。

ところが、間際になって、

「ごめん！　学生が一人、けがして入院したの。地方から出て来た子で一人暮しなんで、私が病院に行かないと」

というわけだった……。

「こっちが入院したいぜ」

と、大津はグチった。「恋の病だ」

もちろん、大津も祥子の立場はよく分っているし、仕方ないとも思っている。しかし、恋人としては——。いや、こんな状態で「恋人」と言えるんだろうか？

「——やめて！　お願い！」

女の声がして、大津は足を止めた。

小さな公園がある。その中のベンチの所で、男二人が女を押えつけていた。

「おとなしくしろ！　痛い目にあわせるぞ！」

と、男が怒鳴っている。

「おい、服を破いちまえ」

「よし、面白い」

女が泣きながら、

「お願い、やめて……」

と、哀願している。

大津としては放っておけない。

「おい！　お前ら、何してるんだ！」

と、公園の中へ入って行った。

「何だ、てめえ？　邪魔しやがると、お前も叩《たた》きのめすぞ」

「やってみろ」

大学時代、アメリカンフットボールで鍛えた体である。少々のことでは応《こた》えない。

「この野郎！」

と、拳《こぶし》が大津の腹を打ったが――素早く大津はギュッと力を入れたので、拳がボンとはね返される。

「あれ？」

と、面食らっている男の腹へ、大津は頭突きを食らわせた。

男は二、三回も転って、呻《うめ》いたきり起きられなくなる。もう一人が、

「こいつ！」

と、ポケットからナイフを取り出した。

しかし、身構えもしない内に、大津の足が男の手からナイフをはね飛ばした。そしてパンチ一発。

男は呆気《あっけ》なくのびてしまった。

「大丈夫ですか？」

と、大津は女の腕を取って起こしてやった。

「ありがとうございます！　怖くてすくんでしまい……」

二十四、五という年ごろだろうか。半ばはだけた胸を必死でかき合せて、頬を濡《ぬ》らす涙を拭《ぬぐ》う。

小柄な、いかにもきゃしゃな女性で、可愛い顔立ちをして、大きな目で見上げられた大津は一瞬、心臓が止るかと思った。

何て可愛い子だ！

「立てますか。——家は？　送って行きましょう」

「すみません……。ブラウスのボタンが飛んでしまって……」

と、顔を伏せる。

「この二人は——放っといていいですか？　警察へ突き出すこともできますよ」

「いえ……。こんな時間に一人で帰ろうとした私もいけなかったんです」

「そうですか。まあ——こりたでしょう」

大津はその女性を促して、夜道を歩き出した。

「——ここから十分くらいの所です」

と、その女性は言った。「あの——私、片平万里子《かたひらまりこ》といいます。お名前を……」

「僕ですか。大津です」

「大津さん。——お強いんですね」

「いや、体がでかいだけで」

と、大津は照れて赤くなった。

夜で良かった、と思った。

それきり、大津は何を話していいものやら分らず、黙って歩いていた。

やがて、少し家の並んだ辺りへ出て、

「——このアパートなんです」

と、片平万里子は、三階建のアパートの前で足を止めた。

「そうですか。——じゃ、気を付けて」

「でも……。せめてお茶でも。このままじゃ申し訳なくて」

大津の心臓は少年のようにときめいた。

「しかし、こんな時間に……」

「ご迷惑でなかったら、ぜひ」

そう言われて断るほど、大津の意志は固くなかった。

〈202〉のドアを開け、片平万里子は大津を中へ入れた。

「殺風景で……」

「いや、よく片付いていて、いいです」

二間のごく平凡なアパートだが、大津にとっては、「本に埋《う》もれていない部屋」は珍しかったのである。

「――どうぞ」

コーヒーをいれて、片平万里子はやっと落ちついた様子。ごく自然な笑顔も浮んでいた。

「いただきます」

「大津さんは……何のお仕事？」

「大学の講師です」

「まあ！　先生でいらしたの」

「講師ですからね。大した給料でもないんです。私立の女子大で」

「あら、女子大？　じゃ、きっともてて大変ですね」

「いやいや」

と、照れて、「今の女子大生たちはクールですからね」

「バレンタインデーにはチョコレートの山でしょ？」

「そのころはちょうど試験でしてね。恨まれこそすれ、チョコレートなんて、もらったことともないですよ」

それは事実だった。「片平さん……でしたっけ。お勤めですか」

「平凡なＯＬです。今夜は結婚退職する同僚の送別会で」

「それで遅くなったんですね」

「一人暮しだと、つい時間にルーズになりますね。怒ってくれる人がいないので」

「片平さん――」

「万里子、で結構ですわ。それとも、奥さま以外の女性は名前で呼ばない？」

「僕は独り者ですよ」

「あら……。本当に？　でも約束した方はいらっしゃるんでしょ？」

ええ、と答えかけて、一瞬大津はためらった。ためらった自分に驚いた。

「――付合ってる人はいますが」

俺はどうしたんだ？　祥子のことを、ただ「付合ってる」だって？

「その方が羨《うらやま》しいわ。私なんか、会社は五十代の男性ばっかりで」

と、万里子は笑った。

その笑顔に、大津の胸がしめつけられるように痛んだ……。

「――ごちそうさま」

大津はいささか唐突に立ち上った。「これで失礼します」

「でも……」

「もう遅いですから」

急いで玄関へ行って、靴をはこうとしたが、あわてていたのか、靴をけとばしてしまった。

「すみません、どうも……」

と、靴を拾って置き直すと――。

背中に、万里子の体がぴったりと寄って来て、

「お願い……」

と、かぼそい声が言った。「帰らないで……」

「しかし……」

「今夜だけでいいから……。迷惑かけないから……」

大津は振り向きざま、万里子の体をヒョイと抱え上げた。

その軽さは、大津を二度と離さないほどの強さで捉《とら》えてしまった……。


「――分った」

しばらくの沈黙の後、久保寺市郎は言った。

結と亜由美はちょっと顔を見合せた。

「お父さん」

と、結が言った。「今、『分った』って言ったの？」

「ああ、そう言った」

「どう『分った』んですか？」

と、亜由美は言った。

「分ったから、分ったと言ったんだ」

と、久保寺市郎は仏頂面で、「どうしてもその原口という男と結婚したいのなら、仕方なかろう」

——ホテルのラウンジ。

結と亜由美は、久保寺市郎と香子を、ここへ呼び出した。

何しろ周囲には大勢客がいる。ここなら父も大声で怒鳴ったりできないだろう、と思ったのである。

「じゃ、いいのね」

と、結は言った。「良かったら今度、原口さんを連れて来るわ」

「ちゃんと仕事してる方なんでしょ」

と、香子は言った。「あんたさえ良かったら、お母さんは反対しないよ」

「ありがとう」

「ただし、一つ条件がある」

と、久保寺市郎が言った。

「何?」

「お父さん、今言わなくても——」

「お前は黙っとれ。結、今後、あんなデモをするような連中とは係《かかわ》りを持つな」

結は呆《あき》れて、

「何度言ったら分るの？　私はたまたま巻き込まれただけよ」

「嘘をついてもだめだ。警察の人から聞いたぞ。お前のパソコンに、そういう奴からのメールが届いてると」

「何ですって？」

「パソコンを押収して行ったんですか？」

と、亜由美が訊《き》いた。

「ああ。娘の部屋を捜索して行った」

「ひどい……」

と、結は首を振って、「お父さん、その話を信じたの」

「もちろんだ」

「娘より警察の言うことを信じるのね」

「警察の人が嘘をつくわけはない。それと、お前は証人になるんだ」

「証人？　何の？」

「あのデモのとき捕まった連中の裁判がある。お前はたまたま居合せたというのなら、何が起ったのか証言しろ」

「証言なら喜んでするわ」

と、結は言った。「デモ隊の人は何もしてない。いきなり機動隊が殴りかかったのよ」

「何もしてない人間を殴るわけがなかろう」

「だって本当だもの」

「先に機動隊へ殴りかかったんだ。それに対抗して——」

「違うわ」

と、結は遮った。「デモ隊と全然別の人が急に地下鉄の駅から出て来て、機動隊の人へ殴りかかった」

「それ見ろ。奴らはデモ隊の仲間だ」

「そうじゃないわ。あれは本気じゃなかった。機動隊もその人たちのことは追いかけもしなかったのよ」

「お前は混乱に巻き込まれたと言ったぞ。どうしてそんなことが分るんだ」

「だって、見てたんだもの」

「そんな話を誰が信じる？」

「信じようが信じまいが、私はちゃんと見てた」

「結」

と、香子は身をのり出して、「簡単なことでしょ。裁判で、警察の人に言われた通り証言すればいいの。それで原口さんって人と幸せになれるし、うちの仕事もこれまで通りにやって行けるわ」

結は口をつぐんだ。

亜由美はため息をついて、

「お二人には色々事情があって、そうおっしゃるのは分ります。でも、結さんに嘘の証言をしろとおっしゃるのは——」

「あんたは口を出さんでくれ」

と、市郎が遮った。「他人の口出しすることじゃない」

「帰りましょ」

と、結は立ち上った。「これ以上話してもむだだわ」

「そのようね」

亜由美は千円札を何枚か置くと、「私たちの分です。おつりは取っといて下さい」

と言って、結と一緒にラウンジを出た。

「——頭に来る！」

と、結は言った。「もう親とは思わない」

「よっぽど言い含められてるのね」

「それにしたって——。あ、学長だ」

と、結が足を止めた。

「私を退学にした、女子大の学長。——円山しのぶっていうのよ」

ロビーに、円山しのぶは立っていた。

そして男がケータイで話を終えると、円山しのぶの方へ歩み寄った。

「あの男は？」

「見たことない」

「でも——学長さんと親しそうよ」

亜由美は何か気になった。

その男は円山しのぶと別れてラウンジの方へ向った。

「ね、ここで待ってて」

と言うと、亜由美はその男の後を急いで追って行った……。

「え？」

5　つながり

「この男ですか」

殿永が一枚の写真をテーブルに置いた。

亜由美は手に取って、

「──この人です」

と肯《うなず》いた。「間違いありません」

結が覗《のぞ》き込んで、

「あの、ホテルのロビーで学長と一緒にいた人ね」

「そう。あの後、ラウンジで、あなたのご両親と話してた」

「誰なの？」

「殿永さん、この人は？」

殿永はちょっとため息をついて、

「生野邦彦《くにひこ》。──公安の人間です」

と言った。

「公安って——。じゃ、警察の人？」

「そうです」

殿永は肯いて、「同じ警察でも、公安の者は我々のような普通の警官とは違う、と自負しています。ですから、会っても会釈もしませんよ」

「その——生野っていった？　学長と親しそうだったけど」

と、結が言った。

「親しそう、なんてものじゃないわ」

と、亜由美が訂正した。「二人でホテルの部屋を取ってた」

「じゃあ、私を退学させたのも……」

「生野の指示でしょうな」

と、殿永が言った。「生野とS女子大の学長……。分りました。当ってみましょう」

殿永が立ち上る。

「殿永さんは大丈夫？　上からにらまれたりしない？」

それを聞いて、殿永は微笑むと、

「もともと、警視総監になりたいとは思っていませんでしたからね」

と言った。

どんなに気が重くても、キャンパスに入れば元気が出てくる。

そんなとき、戸川祥子は「やっぱり教師になって良かった」と思うのだった。

大学へ着いたのは、お昼近く。講義は午後からなので、そう急ぐこともない。

「あ、おはようございます」

顔を知っている学生が立ち止って挨拶《あいさつ》する。

「おはよう。サボってるんじゃないわよね」

「違いますよ！　先生、今みえたんですか？」

と、その学生は言った。

「うん、そうよ。どうして？」

学生が「あれ？」という表情になったので、そう訊《き》いた。

「さっき、先生の部屋から誰か出て来たんで、てっきり先生のお客様かと……」

「私の部屋から？　間違いない？」

「ええ。男の人――三人だったかな」

自室の鍵《かぎ》は、もちろん祥子の他に事務室にもあるが、祥子の許可なく勝手には入れないことになっている。

いやな予感がした。

鍵を開け、中へ入ると、室内を見回す。

別に荒らされているわけではないが、明らかに誰かが入っていたことが分る。書棚の本の並べ方、ソファの位置、仕事机の椅子も、いつもきちんと机の中へ入れて帰るのに、引き出されたままだ。

引出しを一つ一つ開けてみると、中を探った様子だった。

一体誰が？——祥子は部屋を出て、学長室へ向った。

「——失礼します」

「戸川先生。何かご用？　ちょっと忙しいの」

と、円山しのぶが言った。

「誰かが今朝私の部屋へ入って引出しの中などをかき回して行きました」

と、祥子は言った。「警察へ届けたいと思いまして」

「その必要はないわ」

と、円山しのぶはアッサリと、「入ったのは警察の人ですもの」

祥子は少しの間言葉を失った。

「——学長はご存知だったんですね」

「ええ。あなたも、別にやましいことがなければ構わないでしょ」

「理由は？　捜査令状を持っていたんですか？」

「そんな大げさなことじゃないわ。あなたのパソコンのデータを見たいと言われてね。メールやアドレスを見て行ったわ」

　祥子は青ざめた。

「私の了解なしにですか」

「学長は私よ」

「でも――」

「調べた上で、特に問題なければ、データは消去すると約束してくれているわ。それなら問題ないでしょ」

　祥子はしばし黙っていた。

「分ったら、もう行って。私、忙しいの」

と、円山しのぶは言った。

　祥子は、しのぶが目を合せないようにしているのに気付いた。

　虚勢を張っているのだ。

「――分りました」

と、祥子は言った。

「良かったわ、分ってもらえて」

「分ったのは、警察の意図じゃありません。学長も、これがとんでもないことだと考えておいでだと分った、という意味です」

しのぶは手を止めて、

「——どういう意味？」

「学長。何を恐れてるんです？　そこまで警察の言いなりにならなきゃいけないのはなぜです？」

しのぶはやや青ざめて、

「用がなければ出て行って」

と言った。

「ええ。——失礼します」

祥子は一礼して学長室を出た。

つい、怒りで足取りが速くなる。

部屋へ戻ると、

「勝手に入ってたよ」

大津が机の端に腰かけていた。

祥子は黙って大津へ歩み寄ると、激しくかき抱いてキスした。

「おい……。どうした？」

大津が面食らっている。

「ごめんなさい。びっくりした？」

「いや、いいけど……」

祥子は息をついて、

「実はね……」

事情を聞いて、大津は、

「しかし、どうして君のパソコンまで？」

「脅しよ。反抗的な態度を改めないと、ただじゃおかない、って」

「それにしても……」

「わざと、誰かが引出しをかき回したと分るようにしておいたり……。警告なのよ。久保寺さんの肩を持ったりするな、っていう」

「そんなことまでするのか？」

「現にしてるわ」

祥子は苛々《いらいら》と歩き回っていたが、ふと足を止めて、「――何か用だったの？」

「ああ……。いや、今でなくても」

と、大津は肩をすくめて、「また時間のあるときに」

「待って」

祥子もやっと大津が普通でないことに気付いた。「――座って」

ソファに並んでかけると、

「話して。ずっと気になってるんじゃ、いやだもの」

と言った。

「うん……」

大津は目をそらしたまま、「実は……」

「なあに？」

大津は何度も咳払《せきばら》いをして、

「すまないけど……別れてくれ」

と言った。

ひどく小さな声だったので、祥子は聞き間違えたのかと思った。

「今――『別れてくれ』って言ったの？」

と、つい念を押す。

「うん」

大津は汗をかいていた。それを見て、祥子はこれが冗談ではないと分った。

「そう……」

あまりに思いがけない話だった。「どうして？　――理由を言って」

「それは……」

と、口ごもる。

「他に好きな人ができた？」

「まあ……そういうことだ」

祥子は血の気のひくのが分った。

「その人——私の知ってる人？」

「いや、そうじゃない。——僕もまだ知り合ったばかりで」

「でも、好きなのね」

「うん。——彼女のアパートに泊ってしまったんだ」

祥子は、このところ忙しくて外で大津と会っていなかったことに気付いた。

「——そういうこと」

「ごめん！　でも、こうなったら……」

「責任取ってくれ、って言われたの？」

「いや、何も言わない。『気にしないで』と言われて……。却《かえ》って放っておけない気持になったんだ」

こうなったら、って……。私とだって、「そうなって」いたじゃないの！　私のことは構わないの？

祥子は心の中で叫んだが、口には出さなかった。辛《かろ》うじて、プライドが言葉を抑え込んだ。

「じゃあ仕方ないわね。——おめでとう。彼女とうまくやって」

と、いつもの口調で言うと、大津はホッとした様子で、

「ありがとう！　君がそう言ってくれると、本当に嬉《うれ》しいよ」

「どういたしまして」

と、祥子は大津の肩をポンと叩《たた》いて、「さ、話がすんだら行って。泣くところは見られたくないわ」

「君は強い人だ。——じゃ、これで」

「さよなら」

弾むような足取りで、大津が出て行く。

祥子は立って行って、ロックをすると、ソファに戻った。

そして——本当に泣いた。

よりによって……。大津の支えの必要な今、こんなことになるなんて！

しかも大津は祥子が泣くなんて、思ってもいない。

「ひどい人！」

ワーッと声を上げて、祥子は泣いた。——どれくらい泣いただろう。

「ああ……」

と、大きく息をついて、「よく涙がなくならないもんだわね」

と言った。

ドアをノックする音がした。

「──どなた？」

「私、久保寺です」

「ああ……。ちょっと待って」

祥子はティシュペーパーではなをかむと、

「──今開けるから」

と、立って行って、ロックを開けた。

「先生。──どうしたんですか？　泣いてた？」

「聞こえた？」

「ええ。まさか、と思ったけど」

「私だって、泣くことくらいあるわよ」

と、祥子は言った。「入って。学長に見付かると厄介よ」

「はい。──何があったんですか？」

「色々よ」

と、簡単に言って、「その後、どう？」

「お願いがあって、来ました」

「私に？」

「今度、結婚するんです。それで先生にぜひ私の主賓としてご挨拶《あいさつ》をと――」

「ちょっと待って！　――今、『結婚する』って言った？」

「はい」

「それは……おめでとう」

「ありがとう、先生」

結の話を聞いて、

「じゃ、その原口って人と？　それなら殴られたかいがあったわね」

「でも、両親は式に出ないので」

「ひどい話ね。嘘の証言をしろ、なんて」

「そうだ。私、学長先生が男といるとこ、見ちゃったんだ」

「学長が？」

結が生野という男のことを話すと、祥子は肯《うなず》いて、「――そういうことなのね」

「先生、何か……」

「この部屋を勝手に入って調べて行った。たぶんその生野って男の差し金ね」

「先生、大丈夫なんですか？」

「分らないわ。パソコンに、過激派らしい人間からのメールがあった、って警察が発表したら、私がそれを否定しても、ニュースは流れるわ」

「ひどいことしますね」

「まあ、今のところは学長も私をクビにはしたくないと思うわ。だって、正直、この大学に、ちゃんとした研究論文を書いてる先生なんて、私の他にいないもの。手放したくないと思う」

「そうですよ！」

「でも、いざとなったら……。どんな口実でもつけて、私を追い出すでしょうね」

祥子はふと気付いて、「いけない。もう午後の講義が始まるわ」

「じゃ、私、帰ります」

「久保寺さん。——あなたが幸せになってくれたら、本当に嬉しいわ」

祥子は結と握手をした……。

6　血の足跡

ケータイが鳴って、亜由美はハッと目を覚ました。

「あ――。はい、もしもし」

周囲を見回すと、みんながクスクス笑っている。

亜由美はまだケータイに出ていなかった。

「失礼ね！」

と、八つ当り気味に呟《つぶや》くと、ケータイをやっと取り出して、「もしもし！」

「何を怒ってるの？」

「お母さん？　どうしたの？」

「今どこ？」

「学食。――お昼食べてた」

食べながら眠っていたとは言いにくい。

「あのね、さっき玄関のチャイムが鳴って、出てみたら誰もいないの」

「いたずらでしょ」

「玄関に手紙が投げ込んであったの」

「ラブレター？　適当に処分しといて」

「そんなわけないでしょ。〈雨宮エリ〉って人からよ」

「雨宮？　——誰だっけ」

「読むわね。〈ご迷惑とは思いましたが、どうしても助けていただきたく〉ですって。あんたに助けを求めるなんて、よっぽどね」

「思い出した！」

逃亡しているK大生の女の子だ。「——それで？」

「〈今夜、十一時にS女子大においでいただけないでしょうか〉って」

「S女子大？」

結が退学になった大学だ。「他には？」

「それだけよ」

「——分った」

亜由美は切ると、「何かあったのかしら……」

と心配しつつ、昼を再び食べ始めた。

そして、心配していた割には、ランチをしっかり平らげていたのである……。

「どうして私が？」

と、神田聡子が文句を言った。

「聡子。――さっきからもう十回も同じこと言ってるよ」

「十回は言ってない。まだ九回」

「大して違わないじゃないの」

「ワン」

――亜由美と聡子、そしてドン・ファンの「三人組」はS女子大の正門近くへ来ていた。

夜十一時まで、あと十分ほど。

「あんたはドン・ファンがついてりゃ充分じゃないの」

と、聡子が十回目のグチをこぼした。

「そう言わないの。親友でしょ」

「こんな時だけ『親友』にしないでよ」

やり合ってはいるが、仲のいい二人である。

「――ここだ」

と、亜由美は正門の前で足を止めた。

「中へ入れるの？」

しかし、正門の鉄柵《てっさく》の扉は、近くへ行ってみると、人一人通れるくらい開いていた。

「入りましょ」

「でも、S女子大のどこで会うのか、分んないんでしょ？」

「向うがきっと見付けてくれるわよ」

亜由美たちは、正面の建物を見上げた。

十一時まで待ったが、誰も来ない。

「――やっぱり来るんじゃなかった」

と、聡子がブツクサ言っていると、

「ね、見て」

と、亜由美が聡子をつつく。

「どうしたの？」

「あの窓、さっきまで明りが点《つ》いてなかった」

指さす方を見ると、二階の窓の一つが明るくなっている。

「そうだった？」

「そうよ！　合図かもしれないわ。行ってみましょ」

「でも、亜由美――。ちょっと！」

聡子は渋々亜由美とドン・ファンについて建物の中へ入った。

廊下は常夜灯でぼんやりと明るい。

「――ここね」

と、亜由美は、ドアの下から明りが洩《も》れている部屋の前で立ち止った。

「でも、亜由美……」

「うん」

そこには〈学長室〉の文字があった。

「でも、せっかく来たんだ！　入ろう」

亜由美は、聡子が止める間もなく、学長室のドアを開けた。

「失礼します！」

と、中へ入って……。

正面の机。その向うに、学長、円山しのぶが座っていた。――頭をがっくりと横へ傾けて。

「学長だわ」

「何か――様子、おかしくない？」

ドン・ファンが一声吠《ほ》えると、隅のロッカーの前に駆けつけて、扉を前肢《まえあし》で引っかいた。

「――誰かいるの？」

と、亜由美が言うと、ロッカーの扉が開いて来て、雨宮エリが床へと倒れた。

「エリさん！」

と、亜由美が駆け寄る。

抱き起こすと、エリはやっと目を開いて、

「塚川……さん」

と、かすれた声で言った。「危いです……。用心して……」

「エリさん──」

「私、いきなり誰かに殴られて……。ここ、どこですか？」

「学長室よ」

「そうだわ……。円山学長に呼ばれたの」

「ここへ？　でも──」

「亜由美……」

聡子が言った。「学長先生……死んでるみたいよ」

亜由美がエリを支えて立たせると、学長の机へと近寄った。

円山しのぶは後頭部を殴られて、すでに息絶えていた。

「ひどい……」

と、エリは目をそむけた。

「エリさん。──この円山学長を知ってたの？」

雨宮エリはしばらく息を整えて、

「私の叔母《おば》です」

と言った。

「まあ……」

「小さいころから、ずいぶん可愛がってもらって……。S女子大と久保寺結さんのことは知ってたけど、私と水落君はもう追い詰められていて、どうしようもなかった。——他に相談する相手もいなくて」

「それでここへ？」

「私から叔母へ連絡したんです。そしたら、今夜大学へ来なさいと言われ……。でも、久保寺さんのことを思い出して、もしかすると私も警察へ引き渡されるかもしれない、と考えて、塚川さんに来てもらおうと思ったんです」

「水落さんには？」

「言っていません。もし捕まるにしても私一人なら……」

「でも、誰がこんなこと……」

亜由美は、ドン・ファンが学長の机の脇を回って向う側へ行くと、「ワン」と吠えるのを聞いて、

「どうしたの？」

と、覗《のぞ》いた。

円山しのぶの椅子の下には、血だまりができていた。

「——これって足跡だわ」

と、亜由美はかがみ込んで言った。

血だまりの端に踏み込んでしまったらしい。そこからわずかではあるが、血の跡がドアの方へ向って続いていた。

「靴の跡が少し分るわね」

亜由美はケータイを取り出すと、その血だまりの写真を撮った。

そのとき、ドン・ファンがピンと耳を動かし、一声吠えた。

「——サイレンだ」

と、聡子が言った。

「パトカーだわ。こっちへ来る」

亜由美はちょっと迷ったが、「エリさん、逃げて」

「え？　でも——」

「私たちには、この人を殺す理由なんてない。でもあなたは、下手したら犯人に仕立てられるわ」

エリは一瞬ためらっていたが、サイレンの音がどんどん近付いて来ると、

「それじゃ……。すみません！」

と、急いで学長室を出て行った。

「外へ出て、警察の人をお出迎えしましょ」

と、亜由美は言った。

「大丈夫？　留置所なんかいやよ」

「殿永さんに連絡しとく」

と、亜由美はケータイの発信ボタンを押した。


応接室のドアが開いて、殿永の顔が現われたとき、亜由美はホッと息をついた。

「大丈夫でしたか？」

と、殿永は言った。

「ええ！　良かった、来てくれて」

「生野邦彦さんとは電話で話しました」

「そうひどい扱いは受けなかったけど」

「殺人事件ですからね。まず地元の署が捜査するものです」

「どうしてこの大学にパトカーが来たのかしら」

「誰かから通報があったようですよ。誰なのかは分っていませんが」

「でも、単に近所の人とかじゃないでしょ。この学長室で何か起っても、外の人に分るわけないし」

「確かに。事件に係《かかわ》った人間でしょうね。それより、なぜお二人はここへ?」

亜由美は少し迷ったが、殿永に助けを求めた以上、隠しごとはできない、と決めて、雨宮エリのことも正直に話した。

「――そうですか。初めから公安の生野さんが来たということは、その女性のことも分っていたのかもしれませんね」

と、殿永は言った。「ともかく、もう引き取って結構ですとのことですよ」

「良かった! 私まで留置場かと思った」

と、聡子が胸をなで下ろす。

「それって、私だけなら構わないってこと?」

と、亜由美が文句を言いつつ、廊下へ出る。

「――戸川祥子です」

と、セーターとスカートの女性が刑事と話していた。

「学長先生に呼ばれたんですか?」

「はい。夜中に来てくれと……。まさかこんなことになってるなんて……」

「久保寺結さんの先生ですね」

と、亜由美が挨拶《あいさつ》すると、

「ああ、久保寺さんがお世話に――」

と、祥子は言った。

そのとき、学長室から生野が出て来た。

「塚川君だったね。――ま、大学生は大学生らしく、勉強していることだ。殿永さんの話では、ずいぶん警察に協力してくれているそうだから、今回のところは見逃そう」

「見逃していただくようなことはしていません」

と、亜由美が言い返すと、聡子が心配そうに亜由美の腕を引張る。

「若い内はそうして突張っているのもいいだろう」

と、生野は笑って言った。「今、怪しい男がこの近くで見付かった。そいつが犯人だろう」

バタバタと足音がして、刑事に両腕を取られた男がやって来た。

「大津さん!」

と、祥子が愕然《がくぜん》として、「こんな――何かの間違いです!」

「祥子……。ごめん」

大津は酔っているのか、足下もふらついて、目もどこを見ているか分からなかった。

「どうしたの? お酒?」

「分からない……。何だかボーッとして……」

「何かの麻薬だな」

と、生野が言った。「学長を殴り殺したのを憶《おぼ》えてないのか？」

「いや……僕は……」

「調べればすぐ分る。上着に血が飛んでるじゃないか」

「ああ……これは……何のしみかな」

と、大津はぼんやりしている。

「それから——おい、靴を脱がせろ」

と、生野が若い刑事へ言いつけた。

大津の両方の靴を脱がせると、

「血だまりに靴の跡がある。合わせてみよう」

と、生野は学長室へ入って行った。

すると——ドン・ファンが入口に立っている刑事の足下をスッとすり抜けて中へ入って行ったのである。

「あ……。ドン・ファン」

亜由美は立っている刑事に、「すみません、犬が入ってっちゃったので……」

「犬？」

「何か、証拠になるものを荒らしちゃうといけませんから」

そう言われると、刑事も渋い顔で、

「じゃ、早く連れ出して」

と言って、亜由美を中へ入れた。

「すみません！　――ドン・ファン！」

亜由美はドン・ファンを追いかけて行った。

ドン・ファンは血だまりの靴の跡を生野が調べている所まで入って行っていた。

「おい、邪魔だ！　この犬、何とかしろ！」

生野が苛々《いらいら》と怒鳴った。

「すみません！　ドン・ファン、おいで」

亜由美が駆けて行って、ドン・ファンを抱き上げる。

「――うん、ぴったりだ」

生野は立ち上って、「間違いなくこの靴だな。重要な証拠だ」

亜由美は廊下へ出ると、ドン・ファンを下ろして、

「殿永さん……」

と、小声で言った。「お話が……」

「――大津さん」

祥子が大津の肩に手をかけて、「しっかりしてよ！　何があったの？」

大柄な体が、今はひどく小さく見えた。
そして、靴を脱がされ、靴下で立っている大津は、ひどく惨めな印象だった。
「ごめん……。分らないんだ、俺にも……」
消え入りそうな大津の声。
祥子は廊下の隅へと、よろけるように歩いて行くと、壁に向って手をつき、声を殺して
泣いてしまった……。

7　落とし穴

「ここ……のはずですけど」

と、祥子は言った。

三階建のアパートの〈202〉。

「確かに大津さんはそう言ったんですか」

と、亜由美は言った。

「ええ、間違いなく、この部屋だと……」

しかし、ドアを叩《たた》いても、一向に返事はなく、表札にも名前はなかった。

隣のドアが開くと、

「――何してるの？」

と、中年の女性が出て来て、二人をうさんくさげに見た。

「この部屋に住んでる片平さんという方にお会いしたいんですが」

と、祥子が言うと、

「何言ってるの？　そこは空室よ」

「でも……。誰も住んでないんですか？」

「ええ。もう一年もね」

「そんな……」

祥子は当惑して、「それじゃ、片平って人はこのアパートに——」

「片平さん？」

「若い女の人です。一人暮しで」

「そんな名前の人はいないわよ」

と、肩をすくめる。

「そうですか……」

と、祥子は肩を落とした。

「ドアをドンドン叩かないでね。やかましくって仕方ない」

と、女は部屋の中へ戻って行った。

「——やっぱり、大津さんが嘘ついてたのかしら」

と、祥子がため息をついた。「でも、好きな女性ができたのは本当だと思うの。そういうことで嘘ついたって、あの人には何の得もないわ」

亜由美は、祥子と二人でアパートを出ると、

「戸川先生」

「はい」

「大津さんを愛してるんですか？」

祥子は面食らったように、

「それは……そのつもりですけど」

「それなら、信用してあげるべきです」

と、亜由美は言った。「たとえ他のみんなが信じなくても、信じてあげなくては」

祥子はハッとした様子で、

「本当だわ。私が信じてあげなかったら、あの人の味方はいなくなる」

「そうですよ」

「でもお隣の人は……」

「大津さんを信じるのなら、あのお隣の奥さんが嘘をついてるんです」

「塚川さん……。ありがとう。よく言ってくれたわ」

と、祥子は微笑んで、「私、大津さんが裏切ったってことで、物をよく見られなくなってたんですね」

そのとき、カシャッと音がして、二人が振り向くと、高校生くらいの男の子が、ケータイで二人の写真を撮ったところだった。

「こら！　何よ勝手に」

と、亜由美がにらむと、

「へへ」

と、肩をすくめて笑い、「今、お袋と話してたんだろ？」

と言った。

「あなたのお母さん？」

と、亜由美は言った。「じゃ、教えて！　お隣の空室に、女の人がいなかった？」

「いたよ」

と、アッサリ肯《うなず》く。

「――じゃ、本当に？」

「ほんの何日かね。出てくとき、お袋に金渡して、『誰もいなかったことに』って言ってたんだ」

「そんなことを……。一体誰だったのかしら！」

と、祥子が言った。

「名前は知らないけど、顔なら見られるよ」

と、男の子が言って、ニヤリと笑った。

「ケータイで撮ったの？」

「当り。俺、ちょっと可愛い女だと、うまく気付かれないように撮る名人なんだ」

「見せてくれる？」

「いいよ」

ケータイに記録されていたのは、ドアの鍵《かぎ》を開けている女の横顔。

「鍵がカチャッて回るのと同時に撮るんだ。そうすりゃ気付かれない」

と、得意げである。

「私のケータイに送ってくれる？」

と、亜由美は言った。


「片平万里子さん」

と、亜由美が呼ぶと、廊下を歩いていた女が足を止めた。

「——今何て？」

「片平万里子さんですね」

「そういう名前じゃありません」

と、その女性は言った。

「でも、そういう名前だったことがあるはずです」

「何のお話ですか」

そこへ、

「おい、どうした？」

と、やって来たのは、生野だった。

「これはどうも」

と、殿永が会釈して、「あなたにお会いしたくて」

「公安に何のご用かな？」

「あなた個人にです」

「というと？」

「円山しのぶ殺害の容疑で、お話を伺いたい」

生野は笑って、

「馬鹿を言うもんじゃない！　犯人は大津という男だ」

「ではなぜ、そこの部下の方が、変名で大津を誘惑し、薬をのませたんです？」

「失礼な。この女性は私の優秀な部下だ。大津の話はでたらめだ」

「これでも？」

亜由美はケータイの写真を見せた。「ここで、あのアパートのドアの鍵を開けているのは、間違いなくそこの女性ですが」

女が青ざめた。――生野は女をにらんで、

「公安の人間が隠し撮りされてどうする！」

と叱りつけた。

「申し訳ありません」

と、女がうつむいた。

「――それだけじゃありません」

と、亜由美は言った。「私のケータイにはもう一枚写真があります。あの血だまりの足跡です」

「何だと？」

「あなたは大津さんの靴を持って、血だまりの所へ行き、靴底を前の跡の上から押し付けて、大津さんの足跡だと言ったんです」

「私が偽装したと？」

「これです」

と、亜由美はケータイの写真を見せて、「警察が来る前に撮っておいたんです。あなたが証拠を作り変えたことが分りますよ。この靴跡、あなたのじゃないんですか？」

生野は真顔になって、

「驚いたね……。殿永さん、あんたはこんな素人娘の言うことを信じるのか」

「素人だからこそ、嘘をつく理由がありません」

と、殿永は言った。「ともかくご同行下さい」

「君ね、私は公安の人間だよ。君らのようにコソ泥を追いかけているのとはわけが違う。私は社会の安全のために働いているんだ」

と、胸を張った。

「だからといって、人を殺していいわけではありません」

「やめた方がいい。君の出世は覚束《おぼつか》なくなるよ」

「私のことはご心配なく」

と、殿永は微笑んだ。「参りましょうか」

「拒否したら？」

「手錠はかけたくないのです。ぜひ」

女が首を振って、

「やり過ぎだと申し上げました」

「おい――」

「大津さんには申し訳ありませんでした。騙《だま》すのが気の毒な、いい人でした」

「俺の部下が何を言う！」

生野は顔を真赤にして怒鳴った。

「私も一緒に行きます。生野部長」

生野は怒りに身を震わせていた……。

「――困ったものです」

殿永は、塚川家の居間で紅茶を飲みながら、「社会の秩序を守るためなら何をしてもいいと信じているんです」

「同じ警察なのに」

と、亜由美は言った。

「我々は起った事件を調べます。しかし、公安は事件を未然に防ぐのが使命だと思っています。つまり、事件を起しそうだと見る相手がいれば、自分たちが事件を作り上げるのです」

「あのデモ隊襲撃ですね」

「予《あらかじ》め自分の部下たちを待たせておいて、機動隊へ形だけ殴りかからせる。それでデモ隊を一斉に逮捕するのです」

「ひどい話」

「ところが、久保寺結さんは全く関係なかった。――生野は愛人だった円山しのぶの大学の学生と知って、退学させた」

「でも、なぜ円山しのぶを殺したの?」

「円山しのぶも元教師で、生野のやり方は間違っていると思って悩んでいたんです。そして、あの夜に、戸川祥子さんと雨宮エリさんを呼んで、真実を話し、一緒にマスコミへ公表するつもりだったのです」

「じゃ、それを防ぐために？」

「部下の女性に大津さんを誘惑させたのは、戸川祥子さんを傷つけるためでしたが、ついでに大津さんを犯人に仕立てることにして、部下が大津さんに麻薬を与えたのです」

「でも良かったわ。——生野はちゃんと罰せられるんでしょうね？」

「色々裏では動きがあるようです。しかし、ことは殺人ですからね」

「当り前だわ！」

「しかし、生野は、もし円山しのぶが会見してしゃべったら、公安の任務に差し支えるから殺した、と言って、自分のしたことは正しいと主張していますよ」

「人一人の命をどう考えてるのかしら」

と、亜由美が憤然として言った……。

「——あら」

居間へ入って来たのは、久保寺結だった。

「——亜由美さん」

と言うなり、うずくまって泣き出してしまった。

「どうしたの？　座って。何かあったの？　原口さんと喧嘩《けんか》でも？」

「いえ……」

結は涙を拭《ぬぐ》って、「式のことまで決めていたのに……。原口さんが昨日、ベッドの中で言ったんです。『結婚生活には妥協も必要だよ』って。両親のために、嘘の証言をしてあげたら、って……。私、信じられなかった」

「今さら必要ないのに」

「ええ……。原口さんは、『現実的になる方がいい。それが大人だよ』って……」

「それで……」

「私、結婚しません。——あの人のことは好きだし、一緒に暮したい。でも、無理です。あのときのこと……。大勢に囲まれて殴られたときの恐怖を思い出すと、それを忘れて平凡な結婚なんてできない」

「そうね。——あなたは正しいわ」

「泣かせて下さい。もう一度」

「何度でもいいわよ」

結が、亜由美の胸に顔を埋《うず》めて泣くのを、ドン・ファンがじっと見上げて、

「クゥーン……」

と、慰めるように一声鳴いたのだった……。

売り出された花嫁

プロローグ

他人の噂話は面白い。

塚川亜由美《つかがわあゆみ》も、好奇心旺盛《おうせい》なことにかけては人後に落ちない。

だから、

「月にいくらなら承知する？」

という言葉につい耳をそばだてたのも当然だろう。

あるパーラーで、亜由美は友人と待ち合せていた。

いやに話がはっきり聞こえて来て、ついキョロキョロ見回すと、近い席に客はいないのだが、亜由美の席は壁ぎわで、カーブを描いた壁面の先の方のテーブルでの話が、まるですぐ近くのように聞こえていたのだ。

その話し声が、壁を伝って聞こえてくるらしい。

「ともかく、しっかりした相手だからね」

と言っているのは男。

相手は二十四、五かと思える女性である。

男の方はどうもあまり真面目な仕事についているとは思えない雰囲気。「遊び人」と言えば聞こえはいいが、チンピラと言った方が近いかもしれない。

女性は色白でほっそりとした、ちょっと目を引く美人である。しかし、どことなく気力がない感じだ。

「あの……普通はおいくらぐらいなんでしょうか？」

と、おずおずと女性が訊《き》いた。

「そうだね、まあ三十万ってところじゃないか。何もしないで金をもらうんだ。いい稼ぎじゃないか」

「でも……何もしない、ってわけじゃないですよね」

「当り前だろ。あんただって子供じゃないんだ。男と女のすることぐらい、分ってるだろう」

「それは、まあ……」

と、女性は目を伏せる。

「先方は連絡を待ってるんだ。どうする？」

「あの……あと少しいただけませんか」

「不足だってのかい？」

「母が施設に入っていて、そこの費用が毎月十五万かかるんです。三十万では、あと家賃とか払うと……」

「じゃあ、四十でどうだ？　それ以上はとても無理だと思うぜ」

「はい、それで結構です」

「よし、連絡して来るから、ちょっと待ってな」

男は立って、ケータイを取り出しながらパーラーを出て行った。

どうやら——というより、どう見ても、「愛人契約」の相談らしい。

亜由美は、一人ポツンと座っている女性を眺めていた。

「——やあ、ごめん、待たせて！」

と、亜由美の肩をポンと叩《たた》いて、「タクシーに乗ったら渋滞でさ」

「しっ」

「え？」

「小さい声で」

「——どうかしたのかい？」

ふしぎそうに言ったのは、R大学の学生で、亜由美とは文化祭の行事で知り合った、水《み》畑《ず》貴士《はたたかし》。

今日も、今年の文化祭で共同のイベントをしようという相談だった。

「見えるでしょ、あの席」

と、亜由美が目を向ける。

「ああ……。一人で座ってる女性?」

「そう! ——どうもね、今、月四十万で、誰かの愛人になるって話が決ったところらしいのよ」

「どういうこと?」

——亜由美の話を聞くと、水畑は、「へえ! 今どきそんな身売りみたいなことがあるんだ」

「大きな声、出さないで! 向うの声が聞こえるってことは、こっちの声も聞こえてるってことだわ」

「そうか……」

水畑はしばらくその女性を眺めていたが——。

そこへ、さっきの男が戻って来て、

「話がついたぜ」

と言った。「月四十万でOKだ。いい旦那《だんな》だぜ。今どき、こんな人はいねえよ」

「ありがとうございました」

と、女性が頭を下げる。「あの——お礼は——」

「礼は向うの旦那からいただくよ。俺はいわば人助けのボランティアさ」

亜由美は思わず苦笑した。あの手の男が、金にならないことなどするはずがない。相手の「旦那」にもっと高くふっかけて何割かを懐へ入れるか、あるいは契約成立時にまとめてせしめるか……。

「じゃ、明日、先方からあんたのケータイに電話が入るからね」

「分りました。じゃ、今日はこれで……」

「ああ。もう帰っていいぜ。俺はちょっと用がある。ここは払っとくよ」

「すみません。ごちそうさま」

紅茶の一杯ぐらいで、ずいぶん律儀な女性である。

女性がいなくなると、残った男はケータイを取り出し、どこかへかけて、

「――ああ、俺だ。今、成立したぜ。――どうだ、うまいもんだろう」

と、得意げに話している。

「いやな世の中ね」

と、亜由美は首を振って、「あの女の人も何かと大変なんだろうけど、手はあるはずよね。――水畑君？　どうしたの？」

心ここにあらず、という様子だった水畑はハッとして、

「ごめん！　ちょっと、びっくりして……」

と言いかけて、「――あの人、僕の家庭教師だったんだ」

「え？　今の女性？」

「いいや。あの男の方」

亜由美の方がびっくりする番だった。

「家庭教師？」

「うん。様子が変ってるんで、すぐには分らなかったけど、間違いない。僕が中学生のとき、英語や数学を教えに来てた。東大生だったんだ」

「人違いじゃないの？」

「だったらいいけどね……」

水畑はスッと立ち上ると、その男の方へと歩いて行った。

「——失礼ですけど」

水畑の声に、

「俺かい？」

「落合《おちあい》先生ですね。僕、中学生のとき、家庭教師に来ていただいた、水畑貴士です」

男はポカンとして水畑を見上げていたが、

「——貴士君か！　そういえば……。大きくなったたな」

聞いていた亜由美もびっくりである。

およそ東大生って感じじゃない。

「お久しぶりです」

と、水畑は言った。

「まあ……僕はご覧の通りの有様でね」

と、落合という男は苦笑した。「君は今……」

「R大です」

「そうか。頑張ったな」

——そのときだった。

「落合！」

と、突然怒鳴る声がした。

亜由美は振り返って息を呑《の》んだ。

黒い上着の、サングラスをかけた男が、拳銃《けんじゅう》を抜いて、落合という男を狙ったのだ。

「危い！」

水畑が落合の前に出た。

「水畑君！」

と、亜由美が叫ぶのと、銃が発射されるのと同時だった。

水畑がお腹を押えてうずくまった。

撃った男があわてて逃げ出す。

「水畑君！」

亜由美は、床に倒れた水畑へと駆け寄ったのだった。

1　過　去

「ありがとうございました」

と、頭を下げると、水畑美樹《みき》は車が見えなくなるまで、その姿勢で見送った。

と、水畑美樹の後ろで頭を下げていた尾崎昇二《おざきしょうじ》が思い切り伸びをして言った。

「――ああ！　やっと終った！」

「尾崎君」

と、水畑美樹は眉《まゆ》をひそめて、「まだお客様がその辺におられるかもしれないのよ」

「あ、いけね」

と、尾崎昇二はペロリと舌を出した。

「それはもっといけないって言ってるでしょ！」

と叱ってから、美樹は笑った。「くせは治らないわね」

「そうですね。しょうがないですよ、生れつきで」

「生れたての赤ん坊が、『いけね』って舌を出してたの？」

と、苦笑して、「さあ、片付けよ」

「はい」

二人はホールの中へ戻って行った。

「ご苦労さま」

と、美樹は、受付にいた女子大生たちのアルバイトに声をかけた。「客席に忘れ物がないか、見て来て。あと、出席者数を」

「はい」

「尾崎君はステージの裏と楽屋を見て来てちょうだい」

「分りました」

尾崎昇二は、バタバタと駆け出して行った。

「――盛況で良かったですね」

と、アルバイトで何度も来てくれている大学生、神田《かんだ》聡子《さとこ》が言った。

「ええ、本当。三日前になっても、四分の一も売れてなかったから、胃が痛かったわ」

「水畑さんでも、そんなこと、あるんですか！」

「あら、その言い方、私がよほど鈍いみたいじゃない」

――水畑美樹は今四十四歳。〈M企画〉というイベント会社を立ち上げて頑張っている。

今日は、TVなどで人気の出始めている経営コンサルタントの女性の講演会だった。

本当の人気者になってしまったら、〈M企画〉のような弱小会社では、とてもギャラが高くて呼べない。

　だから、注目されてはいるけれど、まだそれほど顔の売れていない人を狙って、そこそこのギャラで話してもらう。そこは、いつも方々にアンテナを張りめぐらしている美樹の努力のたまものだった。

「神田さん、また次も頼める？」

　と、美樹は言った。

「はい、大丈夫です」

「もし、どなたかお願いできるお友だちがいたら知らせて。なかなかいい人を見付けるのも楽じゃないの」

「ええ、友だちに訊《き》いてみます。ちょっとおっちょこちょいですけど、人はいいです」

　美樹は思い出してケータイを取り出した。講演中は電源を切ってあった。

「——あら、貴士からだわ」

　と、美樹は首をかしげた。「三回もかかってる。何かしら」

　貴士のケータイへかけてみたが、なかなか出ない。諦《あきら》めて切ろうとしたとき、

「——もしもし」

　と、女性の声。

「あの——」

「水畑美樹さんですか」

「そうですが……」

「塚川亜由美と申します」

「塚川亜由美さん?」

聞いていた神田聡子が、

「え?」

と、目を丸くした。

話を聞いて、美樹が真青になった。

「貴士が──撃たれた?」

「巻き添えで、運が悪かったんです。今、新宿《しんじゅく》のS大病院に」

「すぐ病院へ行きます!」

美樹がよろけるのを、神田聡子は支えた。

「ごめんなさい。──息子が」

「大変ですね。あの──塚川亜由美って、私の親友で」

「まあ、本当?」

「このアルバイトのこと、彼女から聞いたんです。じゃ、息子さんから話があったんですね。私も一緒に行きます」

「お願い。一人じゃ怖いわ」

「亜由美も、よく事件に巻き込まれる子なんで。――行きましょう」

と、聡子は促した。


「亜由美！」

と、聡子は手を振った。

「聡子！　どうしたの？」

「水畑さんの所のバイトだったの」

「あ、そうか。――お母さんですね」

「あの――貴士は？」

と、美樹が訊く。

「弾丸がお腹に当って。重傷ですけど、今、弾丸を取り出してます。うまく取り出せれば
……。内臓のダメージが心配していたほどひどくなかったそうです」

「そうですか……」

少し安堵《あんど》して、美樹は長椅子に座って涙を拭《ぬぐ》った。

そこへ、落合がやって来た。

「――奥さん」

と、美樹の前で足を止める。

「え……」

「僕のせいなんです」

美樹はふしぎそうに落合を見上げていたが——。

「まあ！　あなた……」

と、息を呑《の》んで、落合を見つめた。「どういうこと？」

「申し訳ありません、本当に……」

落合がうなだれる。

「そんな……。ちゃんと説明してくれなきゃわからないじゃないの！」

「あの……」

と、亜由美がおずおずと、「私がご説明します」

——亜由美がパーラーでの出来事を話すと、美樹はゆっくり肯《うなず》いて、

「じゃ、貴士が居合せたのは偶然だったんですね」

と言った。

「そうです。たまたま、水畑君がこの落合さんに話をしに立って行って……」

亜由美は、その前の、落合が若い女性と何を相談していたかは話さなかった。

「——狙われたのは僕です」

と、落合が言った。「貴士君は僕をとっさにかばった。――そんなこと、しなけりゃ良かったのに」

「あの子は……あなたを慕ってました」

「そうですか。じゃ、奥さんは――」

「そう呼ばないで」

と、美樹は遮った。「今は独り身です」

「すみません」

美樹と落合。――二人の間の沈黙には、どこか人の立ち入れないものがあって、亜由美と聡子は顔を見合せた。そこへ、

「おや、塚川さん」

聞き慣れた声がして、殿永《とのなが》部長刑事が立っていた。

「殿永さん！」

「では現場に居合せた女子大生というのは塚川さんですか！　相変らず危険なことを」

「今回は本当に偶然です」

と、心外、という様子で亜由美は言い返した。

「――これはどうも」

と、落合が殿永に会釈した。

「狙われたのは君か」

と、殿永が言った。

「ええ」

「犯人の顔を見たか？」

「サングラスをかけていました。チラッと見ただけですが、見憶《みおぼ》えのない男です」

「そうか。しかし、狙われる心当りは？」

「それは――」

と言いかけてためらい、「色々あると思います。こういう仕事をしていますと」

「落合さん」

と、美樹が言った。「あなた、今、何をやってるの？」

落合が目をそらす。殿永が代って、

「落合は暴力団の『顔』ですよ」

と言った。「特にこのところ、のし上って来ましてね。目ざわりだと思う者も多かったでしょう」

美樹は啞然《あぜん》として、

「本当なの？」

と、落合に言った。「どうして……」

「もうあなたには関係ないことです」

と、落合は遮った。「忘れて下さい」

「そんなわけにいかないでしょう！」

と、美樹は立ち上って、「貴士があなたの代りに撃たれたのよ」

殿永がおっとりと、

「状況を伺っても？」

と、亜由美に言った。


「わ！　どうしたの！」

セーラー服のひとみが、茶の間を覗《のぞ》いて目を丸くした。

「お帰り」

と、双葉《ふたば》あゆみは言って、「早く着替えてらっしゃい。ご飯よ」

「うん！」

ひとみは自分の部屋へと駆けて行った。

そして五分とたたない内に、着替えて来ると、

「——お姉ちゃん！　どうしたの？」

と、食卓につく。

「太一《たいち》もすぐ帰って来るから、少し待って。――あ、帰って来たわね」

玄関から、弟の、

「ああ、腹へった！」

という声がした。

「早くおいで！　今夜はステーキだよ！」

と、ひとみが言った。

「え？　――本当だ！　すげえ！」

「ちゃんと手洗ってよ！」

と、あゆみが苦笑する。

太一が奥へ入って行くと、

「お姉ちゃん。どうしてこんなごちそうなの？」

と、ひとみが言った。「まさか……」

「――何よ、『まさか』って？」

「お肉、万引したんじゃないよね？」

「失礼ね！」

と、あゆみは妹をにらんで、「仕事が決ったお祝よ」

「あ、そうなんだ。体は大丈夫なの？」

「心配しないで。あんたと違って、頭を使う仕事に向いてるの、私は」

「ひどい！　かよわい妹の心を傷つけた！」

「さ、食べましょ」

あゆみはご飯をよそった。

「わあ、旨《うま》そう！」

と、太一は座るなりはしをつかむ。

「いただきます、くらい言って」

「いただ……」

もう太一はステーキにかぶりついていた。

――双葉あゆみ、二十五歳。

母、信江《のぶえ》は心を病んで施設に入っている。

父は早く亡くなって、今、あゆみと、十六歳、高一のひとみ、十四歳、中二の太一の三人がこのアパートで暮している。

かなり「楽でない」状況だが、ひとみと太一は至って元気で明るい。――長女のあゆみは妹と弟の笑顔を見るのが何より嬉《うれ》しい。

しかし、あゆみは病気がちで、前の職場をリストラされていた。失業手当だけでは、母の施設の費用もあって、とてもやっていけない……。

疲れやすい体で、職探しに歩き回り、公園のベンチで休んでいるとき、声をかけて来たのが、あの落合という男だった。

「金持の愛人になって、毎月手当をもらう」

そんな話、とんでもない！

はねつけたあゆみだったが、落合の話を聞きながら、考えていた。

自分さえ辛抱すれば……。

ひとみと太一を飢えさせるわけにはいかない。——学費も含め、充分な収入になる仕事など、とても見付けられない……。

こうして、あゆみはこの仕事を引き受けた。

連絡をもらい、夕方、その相手と会って来たのだ。

海野《うみの》啓介《けいすけ》。七十代だろうが、充分に元気で、〈N興業〉という会社の社長だという。

あゆみには、自分が「愛人」というタイプとはとても思えなかった。

「こんな女じゃだめだ」

と言われるのを覚悟していたが、意外なことに、

「結構だ」

と言われた。

あゆみは、すぐにはその意味が分らず、

「あの……それって、どっちの意味の『結構』なんでしょうか？　いいのか、いらないのか……」

「もちろん、君でいいってことだよ」

「はあ……。そうですか」

ホッとしたような、がっかりしたような気分だった。

〈N興業〉のオフィス。応接室で社長と愛人が顔合せをしている。——奇妙な状況だった。

「それで……私、どうすれば」

と、あゆみは言った。

海野は、自分のソファの傍《そば》に置いていたセカンドバッグを手に取ると、ポンとあゆみの方へ投げてよこした。

「その中に、私が借りたマンションの鍵《かぎ》が入っている。地図も入れてある。君はそこへ毎日出勤する」

「何時に行けば……」

「朝は寄らない。主に夕方だが、昼間、時間ができたら寄ることもある。まあ、昼前後に来ていればいい」

「分りました」

「行くときは、電話を入れる」

と、海野は言った。「その中にケータイが入っている。私との連絡だけに使え」

「はい」

「仕度金を少し入れてある。もう少しいいなりをして来なさい」

「すみません」

「明日から。いいね」

「はい」

「では、私は忙しいんでね」

海野は年寄とは思えない、きびきびした動きで出て行った。

あゆみは、そのオフィスの入ったビルを出て、バッグを開けた。

封筒が入っていて、その中に、二十万円も入っていたのだ！

今夜の、双葉家のステーキはこうしてやって来たのである……。

2　生命

亜由美は病院の廊下の長椅子にかけて、時々ウトウトしていた。

もう夜明けが近い。——撃たれた水畑貴士は、何とか一命を取り止めそうだった。

夜中に、医師から、

「まず大丈夫」

とは言われていたが、母親の美樹はもちろん、亜由美も朝まで病院にいることにしたのである。

神田聡子は家へ帰り、落合も一旦《いったん》病院を出た。

「——もしもし、尾崎君？」

と、美樹がケータイで話す声がして、亜由美は目が覚めた。

「ごめんね、こんな時間に。——ええ、何とか助かりそう。——ありがとう」

美樹は部下へかけているらしい。「今朝の打合せ、延期してね。後、何か用事あったかしら？」

息子が撃たれても、自ら会社を興した美樹は仕事を忘れることはできないのだ。

「——じゃ、何かあったらメールを送って。ケータイじゃ話しにくいから。よろしく」

ケータイをポケットへしまう美樹へ声をかけようとした亜由美は、そこへ、

「どうしてます？」

と、落合がやって来たので、ちょっと目をつぶって、眠っているふりをした。

「ええ、もう大丈夫みたい」

「良かった！——いや、絶対に助からなきゃ！　僕が代れるものなら……」

「それより、あなた、危くないの？　こんな時間に一人で……」

「奥さん」

と言ってから落合は、「美樹さん……」

と言い直した。

「落合さん」

二人はしばらく黙って立っていた。

「——その人に聞こえる」

落合が亜由美の方を見て言った。

「大丈夫よ。眠ってる」

そう言われると、亜由美は目を開けにくくなってしまった。

「——本当にね」

と、美樹が言った。「まさかこんな風に出会うなんて」

「もう二度と――会わない、と思ってた」

「私だって……。仕事に熱中して、何もかも忘れようとしていたわ」

「美樹さん……。貴士君は知ってるんですか、僕らのこと」

「いいえ」

と、美樹は首を振った。「あの子は何も知らない」

「そうでしょうね……。知ってれば、僕をかばったりしないだろう」

――二人の会話は、どう見ても元家庭教師と、教え子の母親のものではなかった。

家庭教師の大学生と、その家の母親との恋……。

きっとそうだったのに違いない。

「それより、落合さん」

と、美樹は言った。「あなたはどうしてそんなことになったの？　優秀な学生だったのに」

「それは……。訊《き》かないで下さい」

と、落合は言った。

「だって……」

と、美樹がじっと落合を見つめる。

「話してもむだですよ」

と、落合は言った。「一旦この世界に入ったら、もう脱《ぬ》け出すことはできないんです」

「落合さん……」

「あれから……もう七年たちますね。七年もあれば、人の運命がガラリと変るのに充分ですよ」

落合は美樹と向き合うと、「本当に——申し訳ありませんでした」

と、深く頭を下げた。

「やめて、お願い！」

と、美樹は落合の腕をつかんで、揺さぶった。「あなたは……あなたはそんな人じゃなかった！」

「美樹さん——」

「私が愛したのは、もっと純粋で、真直ぐな人だったわ」

美樹は、落合の胸に顔を埋《うず》めた。

「いけませんよ……」

と言いながら、落合は美樹をそっと抱きしめていた。

そのとき、

「——水畑さん」

と、看護師の呼ぶ声がして、二人はパッと離れた。

「はい……」

「お母さんですね。息子さん、意識が戻りましたよ」

「まあ！」

美樹が両手で口もとを覆った。

ここらで起きよう。——亜由美は目を開けて、

「どうかしたんですか？」

「あの子の意識が戻ったって！」

「本当ですか！　良かった」

「あの——話をしても？」

と、美樹は看護師に訊いた。

「ええ、もちろん」

美樹が病室へと急ぐ。亜由美は、落合が向うへ行きかけるのを見て、

「会って行かないんですか」

と、声をかけた。

落合は振り向くと、

「あの子の顔を見られると思うかい」

と言った。

「見られるか、じゃなくて、見なきゃいけないんですよ。でなかったら、水畑君が可哀そうじゃありませんか」

落合はちょっと目を伏せて、

「何のために会うんだ？『こんな奴、助けなきゃ良かった』って、貴士君に思わせるためか」

「水畑君はあなたがどういう人か、知っていました。知っていて助けたんですよ」

「どういう意味だ？」

「あそこで、女の人とあなたがどんな話をしてたか、聞いてましたから」

落合は表情をこわばらせて、

「立ち聞きしてたのか！」

「座ってました」

と、亜由美は言った。『聞いた』んじゃなくて、『聞こえた』んです。あの席の位置のせいでね」

「聞いたのなら分るだろう。俺がどんなに情ない男か」

「本当ですね。でも、自分で『情ない』って思ってるだけ、救いがあります」

落合は苦笑して、

「君は女子大生か。呑気《のんき》でいいな」

「でも、どうしてあんな仕事をしてるんですか？」

と、亜由美は訊いた。

そこへ、美樹が廊下へ出て来ると、

「落合さん」

と呼んだ。「貴士が会いたがってる」

「しかし――」

「お願い。心配してるの。大丈夫だったってことを、あの子に見せて」

落合はため息をつくと、

「分りました」

と肯《うなず》いた。

亜由美も、落合について病室に入った。

「――貴士君」

と、落合が声をかけると、

「あ……。先生」

そう呼ばれるのが辛《つら》いのだろう。落合はベッドの傍《そば》で頭を下げた。

「すまなかった」

「やめて下さいよ」

と、貴士は少しぼんやりした口調で言った。「先生が無事で……良かった」

落合は、貴士の手を握って、

「早く良くなってくれよ」

と言った。「お母さんのためにもね」

「大丈夫ですよ、僕……」

貴士はそう言うと、ちょっと笑みを見せて、また目を閉じた。

「痛み止めで眠ってるんですよ」

と、看護師が言った。

「どうかよろしく」

と、落合は頭を下げてから廊下へ出た。

何か決心したような表情だった。

追いかけるように廊下へ出た美樹は、

「落合さん――」

「放っといて下さい、僕のことは」

と、拒むように首を振って、「貴士君を撃った奴には、罪を償わせてやります」

「でも、それは警察の仕事でしょ」

「当てになりませんよ。僕は僕で、捜し出してやります」

「仕返しするつもり？　そしたらあなたも捕まるわ」

「どうせ、いずれは手錠をかけられる身です」

「そんな……」

「失礼します」

落合は、逃げるように行ってしまった。

美樹は、それを見送って、ただ立ちすくんでいた。

「——大丈夫ですか」

と、亜由美が声をかける。

「ええ。——塚川さん。ご迷惑かけて、すみません」

「そんなこと、いいんです。貴士君はいい友だちですから」

と、亜由美は言った。「あなたと、あの落合って人のことは私と係《かかわ》りのないことです」

「ええ……。でも、察してるでしょ？」

「人は一人一人事情が違います。正しいとか間違ってるとか——特に男女の仲のことは、他人には分りません」

亜由美はそう言って、「じゃ、私、もう失礼します」

と、大欠伸《おおあくび》をしたのだった。

「大変だったのよ！」

亜由美は帰宅すると、ソファに引っくり返って、母の清美《きよみ》にザッと事情を説明した。

「そんなことだったの」

と、清美はフーンと肯いて、「私はまた、てっきり男と泊って来るんだと思ってた」

「何よ、それ？　ちゃんと途中で連絡入れたじゃないの」

「そりゃあ、でっち上げの言いわけかと思ったわよ」

むしろがっかりしているような母の様子に、亜由美は怒る気も失《う》せた。

「もう寝る」

「朝ご飯、食べてからにしたら？」

「そんな……」

と言いかけて、ゆうべ何も食べていなかったことを思い出した。「そういや腹ペコだ」

「じゃ、着替えてらっしゃい」

「うん」

自分の部屋へ上ると、「同居人」のドン・ファンがベッドの真中で寝ていた。同居人といっても、ダックスフント。

「こら！　これから私が寝るんだから、ベッドから下りろ」

と、亜由美が言っても、面倒くさそうにちょっと目を開けただけ。

「後でけとばしてやる」

本気で文句をつけている、大人げない亜由美だった……。

着替えて下りて行くと、父親の塚川貞夫《さだお》もちょうど一緒に朝食のテーブルについていて、

「おはよう、お父さん」

と、亜由美が椅子を引きながら言うと、

「放蕩《ほうとう》娘が帰って来たか」

「何よ、それ。私、遊んでたわけじゃないわよ」

「過去は問うまい。悔い改めて、修道院へ入るがいい」

エンジニアだが、少女アニメにはまっている変り者である。

「朝帰りしたからって、修道院なんて聞いたことない」

「どう言いわけしても、お前は己れの良心からは逃れられないのだ」

「親の『両親』？　心の方の『良心』？」

「両方だ」

と言ってから、父親は、「うむ。『両親』と『良心』。同じ音なのは偶然ではないかもしれんな」

と、自分で感心している。

「偶然よ」

亜由美は言って、トーストにかみついた。

そういえば――落合が「愛人契約」を結ばせた女性は、どうなったんだろう？

亜由美は、どこか寂しげだったあの女の横顔を、忘れられなかった……。


「申し訳ありません」

と、男は言った。

「謝って済むか」

相手の声は冷ややかだった。

「思いがけない邪魔が入りまして――」

「失敗は失敗だ。何としても落合を消せ。いいな」

「しかし……」

「落合もお前を捜してるぞ。殺さなければ、お前が殺される」

「それは困ります」

「自分の始末は自分でつけろ」

そう言って相手は切ってしまった。

「――畜生！」

男は手にしたケータイをにらみつけた。
秋の夜風が身にしみた。
男の名は桂木《かつらぎ》といった。桂木有一《ゆういち》。
「プロの殺し屋」を自称している。
落合を殺すのは簡単な仕事のはずだった。相手は殺されると思っていなかった。しかし
——あの若者が、すべてを台なしにしてしまったのだ。
桂木は、ベンチから立ち上った。
仕方ない。何としても、落合を殺す。
そうでなければ、金にもならないのだ。
桂木は首をすくめて、夜の町を歩いて行った……。

3 新人

「ねえねえ！　冬休み、どこへ行くか決めてる？」

大学のキャンパスのあちこちで、そういう言葉が飛び交う時期だった。

「いいわね、お嬢様たちは」

と、神田聡子が言った。「こっちはせっせとアルバイトしてるのに」

「仕方ないわよ。そういう家に生れたんだもの」

亜由美は学食のランチを食べながら、「聡子、最近あの水畑さんのバイト、行った？」

「ああ。ええと……。一週間前かな。やっぱり受付のバイト。亜由美にも声かけようかと思ったけど、レポートで忙しそうだったし」

「うん、いいの。ただ、どうしたかな、と思って」

「息子さんは退院したってよ」

「うん、その連絡はメールでもらった」

と、亜由美は肯《うなず》いて、「その後、どうしたのかな、あの落合って人」

「さあね。――どう見ても、水畑さんと何かあったんだよね、昔」

「たぶんね。殿永さんに訊《き》いてみよう」

秋は大学も何かと忙しく、亜由美もほぼひと月半ほど、あの事件のことは何も聞いていなかった。

「今度の週末も頼まれてるんだ、バイト」

と、聡子は言った。「亜由美、来る？」

「週末って？」

「土曜と日曜。午後三時から九時くらいまでだって」

と、聡子がメールを見ながら言った。

亜由美は手帳を開いて、

「土曜日は大丈夫。日曜日は――もしかしたら、谷山《たにやま》先生とデート」

「へえ、幸せだね」

「冗談じゃないわよ。もうひと月会ってない。忙しいんだもん、准教授って」

谷山は一応亜由美の恋人ということになっているが、忙しくて、デートもままならないので、一向に仲は進展しない。

「ああ、そうだ」

亜由美はランチを食べ終ると、「事務室に用があるんで、先に行くね」

「うん。じゃ、水畑さんの方、土曜はＯＫでいい？」

「お願い。日曜日の方は連絡するから」

亜由美は、トレイを返却口に返して、学食を出た。

事務室はお昼休みなので混んでいる。

「――すみません。この間お願いした在学証明書ですが」

と、窓口で言うと、

「ああ、塚川さん」

と、担当の男性が肯いて、「確か、もうできてるよ。――ね、双葉さん」

奥の席の女性に声をかける。

その女性が、ファイルを開いて調べていた。――亜由美は、

「あの人、初めて見たかな」

「双葉さん？　そうだろ。まだ一週間ぐらいしかたってない。午前中から三時まで働いてるんだ。真面目な人だよ」

「――塚川さんのですね」

と、書類を持って来る。

「ああ、これだ。――これでいいね」

「ありがとう」

亜由美はその証明書を封筒に入れて、バッグにしまった。手数料を払って、行きかける

と……。

「え？」

振り返って、席へ戻って行く、双葉という女性を眺めた。

「どうかした？」

「いえ……。いいんです」

あの女性。——あれは、落合が「愛人契約」を結ばせた女だ！


ソバ屋の出前じゃあるまいしな……。

尾崎は、水畑美樹にメールを送りながら思った。

〈すみません！　電車が事故で遅れて。イベントのスタートまでには会場に着けると思いますが。ともかくできるだけ急ぎます！〉

——少し待ったが、美樹から返信は来ない。

尾崎がいなくて、アルバイトだけだったら忙しくて目が回りそうだろう。メールなんて読んでる暇もないかもしれない。

「ああ……。畜生！」

尾崎は欠伸《あくび》しながらバスを降りると、駅の改札口を急いで通った。

要するに、寝坊したのである。

「電車が事故で遅れて」

　という言いわけを、美樹が信じてくれるとは思わなかったが、ともかく、「申し訳ない！」という気持だけでも分ってほしかった……。

「よし」

　と、尾崎は自分に言い聞かせるように言った。「明日からは、絶対遅刻しないぞ！」

　これまで何度、同じ誓いを立てて来ただろう。

「ああ……」

　また欠伸しながら、ホームで電車を待つ。

　ラッシュアワーは過ぎているので、そう混雑しているわけではないが……。

「電車が参ります」

　というアナウンス。

　尾崎はホームの乗り口の枠の中に立って、やって来る電車を眺めていた。

　うまく座れるといいけどな……。

　ホームに電車が入って来る。

　その時、突然背中を押されて、尾崎の体は電車の前に転り落ちていた。

　本当に……。

水畑美樹は何度もため息をついていた。

汗をかいていた。

「大丈夫ですか？」

と、神田聡子が心配して訊いた。

「ええ、ありがとう」

ハンカチを取り出して、軽く汗を叩《たた》いて取った。

「――遅いですね、尾崎さん」

と、聡子は言った。

「困った人ね、全く」

と、美樹は苦笑して、「ごめんなさいね。あなたにも忙しい思いさせて」

「いいえ、私はいいんですけど」

「尾崎君もね、悪い人じゃないんだけど……。ちょっとだらしがないのよね」

美樹は首を振って言った。

「土曜日は亜由美も来ます」

「ありがとう。助かるわ」

「貴士さんのこと、心配してました」

「じゃあ、あの子から連絡させるわ」

「もうずいぶん元気に……」

「ええ。実家でのんびりして、食べてばっかりいるから、太っちゃったわよ」

と、美樹は笑った。「――さあ、あと十分もしたら休憩に入るわ。あなた、何か食べといたら？」

「私、大丈夫です。水畑さんこそ、水一杯飲んでないんじゃ？」

「そうね。ま、水ぐらい忙しくても――」

そこへ、

「失礼します」

と、男の声がした。

背広にネクタイの男。二十七、八というところか。

「どちら様でしょう？」

「あ、いえ……。水畑……美樹さん……」

「私ですが」

「そうですか」

ホッとしたように、「ここで仕事をするようにと……」

「仕事？」

「ええ。尾崎さんに頼まれまして」

「尾崎君に？　でも……」

「入院の手続きして来ました」

「入院？」

「はい。――あれ？　連絡がきていませんでしたか？」

「いいえ、何も」

と、美樹は言った。「尾崎君は……」

「駅のホームから落ちたんです」

「まぁ」

「ちょうど電車が来て――。でも運よく軽いけがですみました」

「そうでしたか！　あの人、おっちょこちょいだから。――ごめんなさい」

「いいえ。僕は尾崎さんの後輩で、桂木といいます」

と、その男は言った。


ちょうどスーパーへ入りかけたとき、あのケータイが鳴った。

「あゆみです」

と、双葉あゆみは言った。

「私だ」

と、海野の声。「七時ごろに行く」

「かしこまりました」

と、あゆみは言った。「お食事は……」

「うん、そっちで食べる」

「はい。じゃ、お待ちしています」

あゆみはケータイをバッグに戻すと、少し張り切ってスーパーへと入って行った。

「今日は何にしようかしら……」

と、売場を歩く。

もう海野の好みの味つけも憶《おぼ》えている。

もともと料理の好きだったあゆみは、海野がマンションで週に二、三度は夕食をとるので、すっかり腕を上げてしまった。

「ええと……。サラダ、この間はフレンチドレッシングだったわね……」

──双葉あゆみの「愛人生活」は続いていた。

もっとも──妙なことに、海野はマンションに来ても、あゆみに一向に手を触れない。

初めての夜、それこそあゆみは緊張のあまり気絶するかと思うほどの状態で、海野を迎えたのだった。

これもすべてひとみと太一のため！　そう自分に言い聞かせて、海野に抱き寄せられるのを待っていた。だが……。

「腹が減った」

と、海野は言った。「何か作れるか？」

あゆみは、

「今は……何も材料が……」

「そうか。じゃ今度から何かこしらえてくれ。今夜は何か出前を取ろう」

結局、近くの寿司《すし》屋から〈にぎり特上〉を二人前取って、二人で食べた。

そして海野は、

「さて……」

と、ソファから立ち上ると、「帰るか」

あゆみは危うくソファから転り落ちそうになってしまった……。

もちろん、海野に抱かれたいわけじゃない。しかし、一方でお金をもらっているという気持があるから、何もないのでは申し訳ないという気もする。

それでも、わざわざ、

「どうして何もしないんですか？」

と訊《き》くのも妙だし。

結局、それ以来、海野はただ「個人食堂」として、あゆみのマンションへやって来るだけだったのだ。

「——これで今日のメニューは決定」

スーパーでの買物をすませると、あゆみはマンションへと向った。料理にできるだけ時間をかけたかった。

急ぎ足のあゆみは、後をついて来る高校生に全く気付かなかった。


「——お姉ちゃんだ」

間違いない。双葉ひとみは、スーパーに入る姉を偶然見かけたのだった。

いつもなら、この辺りに来ることはないのだが、今日は事故でけがをしたクラスメイトの家にお見舞に行っての帰りだった。

お姉ちゃんがどうしてこんな所に？　しかも、主婦みたいにあれこれ買い込んで持っている。

スーパーの中でもついて歩いていたので、ひとみは姉の買ったのが、自分や太一の夕食の材料ではないと気付いていた。

でも——仕事はどうしたんだろう？

あゆみが、そのマンションに入って行くのを見て、ひとみはショックだった。

あの様子は……。ひとみは、てっきり姉の恋人がこのマンションにいて、食事を作っているのだと思った。

「私たちに隠して……」

恋人がいるくらい、姉の年齢なら当り前のことだ。

今日、帰って来たら白状させてやる！

ひとみは、そのとき、ロビーで姉とすれ違った女性が、姉の会釈に答えもせずに出て来るのを見た。

ごく普通の主婦という様子のその女性は、ひとみと目が合って、

「――何か用？」

と訊いた。

「いえ……。あの……」

ひとみは少し口ごもってから、「今、入ってった女の人、私の知ってる人に似てたんですけど……」

「あら、そう。でも――人違いだといいわね」

「どうしてですか？」

と、ひとみは訊いた。

「だって……あなた、高校生？　じゃ、分るでしょ。仕事もしないで、お金もらって暮してるのよ、あの人」

「お金もらって？　誰からですか？」

「名前は知らないけど、もう七十くらいにはなってんじゃない？　様子じゃ、どこかの社長って感じだけど」

「それって、つまり……」

「そう。お金持の愛人をやってるってわけ。いいわよね、そういうことを平気でできる人は。――あなたの知ってる人って、そういうことをやりそうなの？」

そう言われてひとみは、

「いいえ！　絶対できっこないです」

と、強く首を振っていた。

「じゃあ人違いよ。あなたもあんな女と口きいちゃだめよ」

そう言って、その女性はさっさと行ってしまった。

ひとみはしばし立ちすくんでいたが……。

「――嘘だ」

と呟《つぶや》くと、フラフラと歩き出した。

お姉ちゃんが「年寄の金持の愛人」？　そんなわけない！

しかし、このところ姉がちゃんとお金を持っていることに、ひとみは気付いていた。どこへ勤めているのか、教えてくれないし、今どき、そんないい仕事が……。

ひとみは足を止めた。

「そうなんだ……」

お姉ちゃんは、私と太一のためにそんな「愛人」をやってるんだ。――ひとみだってもう高校一年生だ。「愛人」といえば、どういうことをしてお金をもらっているか、知っている。

そんな、七十にもなる男に……。

ひとみはこみ上げて来る涙を必死でこらえていた。

でも、私に何ができるだろう？　学校をやめて働いたって、大したお金にはならない。太一はまだ中学生だ。いくら食べてもお腹の空《す》く年ごろである。

ひとみは、振り返って、姉の入って行ったマンションを見上げた。

ああしてスーパーで食材を買っていたということは、今日これから相手の男がやって来るのだろう。

ひとみは少し考え込んでいたが、やがてキュッと唇を結んで、マンションの方へと戻って行った。


誰かが受付のテーブルの前に立った。

「講演、もう始まってますけど」

と言って顔を上げた亜由美は、「——何だ！　殿永さん」

殿永部長刑事がニヤニヤしながら立っていたのである。

「お仕事中、すみません」

と、殿永は言った。

「いいえ。始まっちゃえば、もう仕事はほとんどありません」

ホールの入口に受付の机が置いてある。

亜由美は、ロビーのソファに殿永と腰をおろした。

「聡子も一緒です」

と、亜由美は言った。「今、コーヒーを買いに行ってます」

「この講演会は、例の水畑という……」

「ええ。水畑美樹さんの〈M企画〉が主催しています。美樹さんは今楽屋の方に……」

「そうですか。息子さんの方は順調に良くなっているようですね」

「落合さんのこと、何か分りました？」

「いや、方々当っているんですが、なかなか……。雇い主というか、世話になっている組の人間にも何も言わずに姿を消したようですね」

「逃げた、ってことでしょうか。それとも、やられちゃったんじゃ……」

「どっちでもないようです」

「というと？」

「水畑貴士を撃った男を捜しているらしいです」

「ああ、あのサングラスの……」

「亜由美さんは顔を憶《おぼ》えていますか？」

「一瞬でしたし……」

「そうでしょうね。まあ、臨時に雇われた人間らしくて、なかなか身許《みもと》が分らないんですよ」

と、殿永は言った。「たとえ自分を殺しそこなった男でも、殺せば殺人罪ですからね」

そこへ、

「塚川さん、この段ボール、どうします？」

と訊《き》いて来たのは、美樹の下で働いている男で、桂木といった。

尾崎という男がけがをして、その代りに来たそうだが、なかなかこまめによく動く男だ。

「ああ、桂木さん、それ、車に積んじゃってもいいですよ」

「それじゃ、出口の所に置いときます。他にも色々あるんで」

「ええ、お願いします」

水畑美樹がロビーへやって来た。

「まあ、刑事さん」

と、殿永を見て、「何かあったんですの?」

「いえ、そうじゃありません。落合の行方を追っています」

「見付からないんですね」

「そうです」

「これ以上何かしたら……。取り返しのつかないことになる前に、思い直してほしいです」

「全くです。——あの落合という男、ただのチンピラではないようで、私も気にしていたんですよ」

「そうなんですか」

「聞いた話ですが、まともに勤めていた小さな会社が、地元の暴力団ともめたらしいんですね。社長の娘さんが、そこの連中に乱暴されそうになったのを、必死で救って、相手にけがをさせたんです」

「まあ」

「一応傷害罪で、軽い罪になり、一年ほど刑務所にいたんですが、出所したところを、今の組の者に見込まれて、誘われたようです」

「断われば良かったのに」

と、美樹は言った。

「妙に義理固い男のようでしてね。勤めていた会社が詐欺にあって倒産しかけたとき、その犯人から金を取り戻して会社を救ったのが、今の組の組長だったそうで」

「どうしてそんなことを――」

「落合のことを知っていて、見込みのある男だと思っていたようです。それで、刑務所にいて何もできない落合の代りに……」

「そんなことだったんですか」

美樹は少しホッとした表情で、「分ります。あの人はそういう人でした」

と言った。

「あ、聡子」

と、亜由美が手を振った。

神田聡子が、紙コップのコーヒーを紙ケースに入れて持って来た。そしてせっせとついて歩いているのは――。

「やあ、ドン・ファン君もご一緒で」

と、殿永がニッコリして手を伸したが、ドン・ファンは知らん顔。

「失礼よ、ドン・ファン！」

と、亜由美がにらんだ。

「しょうがないわよ。可愛い女の子にしか興味ないんだから」

聡子がコーヒーをテーブルに置く。「殿永さん、よかったらどうぞ」

「やあ、これは申し訳ない」

「刑事さん」

と、美樹が言った。「どうか落合さんを無事に見付けて下さい」

「できるだけのことはしますよ」

「お願いします」

と、美樹は深々と頭を下げた。

さて、とコーヒーを飲もうとしたとき、ドン・ファンが激しく吠《ほ》えた。

「どうしたの？」

ドン・ファンが、ホール入口のパネルの方へ駆けて行く。

「ワッ！」

びっくりした様子で飛び出して来たのは、桂木だった。

「桂木君、何してるの？」

と、美樹が訊く。

「いえ、ここのコンセントが抜けそうになってたんで……。ああ、びっくりした」

「いいのよ、ドン・ファン」

亜由美が呼ぶと、ドン・ファンは渋々という様子で戻って来た。

桂木はホールを出てエレベーターへと急いで歩いて行った。殿永はその後ろ姿をじっと見送っていた……。

4 決意

「あゆみさん！」

という声に、亜由美は、

「はい！」

と、返事をして振り返った。

同時に、すぐ後ろをファイルの山を抱えて歩いていた女性が、

「はい！」

と答えて振り返った。

二人は顔を見合せた。——この人、「愛人契約」の女性だ、と亜由美は気付いた。

「あ、失礼」

追いかけて来た事務室の男性は笑って、「双葉さんのことを呼んだんです」

「ごめんなさい」

と、亜由美も笑って、「男性に呼ばれることなんて、めったにないんで」

「こちらこそ」

と、双葉あゆみは微笑んで、「失礼しました」

「このファイルも、同じ所に置いといて」

「分りました」

二人は何となく一緒に歩き出した。

「大変ですね。少し持ちましょうか」

「いえ、大丈夫です、これくらい」

「事務室にいるんですよね」

「ええ、まだよく分らないことばっかり。この大学、広いですね。迷子になりそう」

と、双葉あゆみは言って、「塚川亜由美さん、ですよね」

「ええ、私のことを？」

「同じ『あゆみ』だな、と思ったこともありますけど、大学の中じゃ有名人なんですってね」

「いやな予感」

と、亜由美は眉《まゆ》をひそめる。

「いいえ！　名探偵で、色んな事件を解決して来たって」

「ちょっとその言い方、問題ありますけど」

と、亜由美は苦笑して、「何だか、事件に係《かかわ》ることが多いんです」

「人徳ですね」

「ちっとも『徳』じゃないですよ」

と、亜由美は言った。「でも、この間も、人が目の前で撃たれて」

「まあ怖い！」

「私の友だちなんです、撃たれたの」

「どうしてまた――」

「あるパーラーにいたんです。そこで落合って男が狙われて。私の友だちが、昔その落合に家庭教師に来てもらってたんです。で、たまたま、落合のそばにいたんで、かばって代りに撃たれてしまって」

亜由美は、双葉あゆみの表情が硬くこわばるのが分った。

「それで――そのお友だちは？」

「ええ、幸い命は取り止めました」

「良かったですね」

落合のことを分ったのだ、と亜由美は思った。

しかし、今ここで「愛人契約」のことを訊《き》いても、返事ができないだろう。亜由美は、一旦《いったん》切り上げることにして、

「じゃ、私、ここで」

「どうも……」

「また会いましょうね、『あゆみ』さん」

「ええ。亜由美さん」

あゆみはやっと笑顔になった……。


「君かね、私に用だというのは」

応接室のドアが開いて、入って来た海野啓介はソファに緊張した面持ちで座っている女子高校生を見ると、目を丸くした。

「はい」

「そうか。それで――用というのは？　私は忙しい。手短かにね」

「はい」

ひとみは背筋を伸すと、「私、双葉ひとみといいます。十六歳の高校一年生です」

「それで？」

「お願いがあって来ました」

「言ってみなさい」

「姉を――愛人にしておくのはやめて下さい！」

精一杯の声音だった。

海野はじっとひとみを眺めていたが、

「――そうか」

と肯《うなず》いて、「君はあゆみの妹か」

「はい」

「他に兄弟は？」

「下に弟がいます。太一といって、今、中二です」

「なるほど」

海野は少し間を置いて、「君らのお母さんは？」

「母は働いていましたけど、病気で……。今は施設に」

「そうか。――君の姉さんのことだが、月々決った金を払って契約している。私は別に無理にあゆみを愛人にしているわけではないよ」

「そうですか。でも――私、たまらないんです。姉が私と弟のために、あなたと……」

と、口ごもる。

「こんな年寄の愛人になっているのが、かね」

「年齢《とし》はともかく……。それって、正しいことじゃないですよね」

「正しいこと、か……。しかし、君の姉さんも、必死で仕事を探していたが、見付からなかったらしいよ」

「分ります。でも、だからって——」

「私が契約を取り消したら、困るのは君たちだろう」

ひとみは唇をかんだ。そして、

「何とかします」

と言った。

「学校をやめて働くかね？　大した稼ぎにはなるまい」

硬い表情で、じっと海野を見つめる目は、負けまいと必死だった……。

「分ってます」

「——言っておくがね」

と、海野は言った。「確かに、あゆみとは契約を結んだが、まだ一度もあゆみに手を触れてはいない。本当だ」

「それなら……触れないで下さい。お姉ちゃんは体が弱いんです。もし——もし、赤ちゃんでもできたら、きっと寝込んでしまいます」

海野はふしぎな笑みを浮かべて、ひとみを見ていたが……。

「では、どうかね。あゆみの代りに君が私の相手をする、というのは」

「え？」

少しして、ひとみの頬が赤く染った。

「私も、金を払っている以上、いつまでもあゆみに手を触れないわけにいかない。姉さんの体が心配なら、君が代りになるか」

ひとみは目を伏せて、じっと唇をかんでいたが……。

やがて目を上げ、もう一度、真直ぐに海野を見つめて、

「代りになります」

と言った。

「本気かね」

「はい」

「そうか」

海野は肯くと、「私は今夜もう予定が入っている。明日の帰り、どうかね？」

ひとみは、

「――分りました」

と言った。「でも、お姉ちゃんに黙っていて下さい」

「ああ、約束する」

「じゃあ……どこへ行けば？」

と、ひとみは訊いた。

「お疲れさま」

と、水畑美樹は言った。「いつもありがとう。助かるわ」

「いいえ。また、声をかけて下さい」

と、聡子が言った。

「ありがとう。よろしく。——あ、桂木君、中の明りをチェックして」

「はい」

——若手のファッションデザイナーたちが合同で開いたファッションショー。

美樹が方々に誘いのメールや電話攻勢をかけたので、マスコミや大手スーパー、デパートの仕入部門などから、かなりの人がやって来た。

「水畑さん」

頭を金色に染めた、まだ二十代のデザイナーがやって来た。

「ご苦労さま。手応《てごた》えは？」

「ええ、デパート二軒とスーパーから声をかけてもらいました」

「まあ、良かったわね。頑張って」

「水畑さんの力で、みんながこんな機会を与えてもらえて、全員、感謝しています」

「私はこれが仕事よ。でも、気持は嬉《うれ》しいわ」

「でも、ぜひこれを」

ゾロゾロとデザイナーたちがやって来て、美樹に自分の所のスカーフだのベストだのを手渡した。

「まあ……。大切な商品じゃないの」

「息子さんが早く良くなりますように」

と、女性のデザイナーが言った。

「ありがとう」

美樹はちょっと目頭が熱くなった。

「――いい光景」

と、亜由美が言った。

今日は三人で受付を手伝っていたのだ。

デザイナーたちが帰って行くと、

「いいわね、若い人は」

と、美樹は言って、「こんなに色々もらっても……。どれか欲しい物、ある?」

亜由美と聡子は、むろん遠慮しなかった……。

美樹が、ケータイが鳴っているのに気付き、ポケットから取り出すと、

「もしもし。――はい、私です」

突然、美樹の声が緊張した。亜由美と聡子は顔を見合せた。

美樹はそのままロビーの隅の方へと足早に移動して、ケータイで話していた。

そして戻って来ると、

「ちょっと急な用ができたの」

と、亜由美たちに言った。「後を任せてもいいかしら？」

「ええ、大丈夫ですよ。片付けて、ホールの管理室へ報告すればいいんですよね」

と、慣れている聡子が言った。

「ええ。荷物はオフィスへ運んでおいてくれる？」

「分りました」

「オフィスに入るのに鍵《かぎ》がいるわね。──私のを渡しておくわ。ビルの管理人に預けておいてくれる？」

「はい。大丈夫です」

「悪いわね」

美樹はキーホルダーから鍵を外して、聡子に渡した。そして、バッグを手に、そそくさとホールを出て行った。

すぐに桂木がやって来て、

「水畑さんは？」

と訊《き》いた。

「急用だって、たった今出て行ったけど」

「え？　しまった！　伝言を頼まれてたんだ。追いかけてみる！」

と、桂木は駆け出して行った。


一流ホテルのフロントに声をかけるなんて、ひとみにしてみれば大冒険だった。

「あの……すみません」

かすれた声しか出て来ない。

「はい、何かご用ですか？」

と、若い女性がニッコリ笑って言った。

それを見て、少しホッとする。

「あの――海野さんという方から……」

「はい、海野啓介様ですね。お預り物があります。お名前は？」

「双葉ひとみです」

「お待ち下さい」

係の女性はすぐに戻って来た。

「これですね。伝票にサインしていただけますか」

封筒を渡され、ひとみは伝票に名前を書いた。――思いの外、簡単に終って息をつく。

いや、本当に大変なのはこれからだ。

ひとみはロビーのソファに座ると、封筒を開けた。――中からカードキーが出て来る。

そして走り書きのメモ。

〈ひとみ君へ。このキーはこのホテルの1205号室のものだ。先に入っていてくれ。私は三十分ほど遅れる。シャワーを浴びて、ベッドに入って待っていなさい。海野〉

ベッドに入って……。

ひとみはカードキーを握りしめた。

約束だ。――約束したんだ。

そう自分に言い聞かせると、ひとみは立ち上り、エレベーターへと向った。

十二階で降り、〈1205〉のドアを探す。

カードキーで、そのドアは開いた。

中へ入ると、広くてゆったりした部屋だ。ベッドの大きいことにびっくりした。

学生鞄《かばん》をソファに置くと、奥のバスルームを覗《のぞ》いた。きっと高い部屋なんだろう。

こんなことで入るのでなかったら、「凄《すご》い部屋！」と感激したかもしれない……。

「お姉ちゃんのため」

と、口に出して呟《つぶや》く。

誰もいないが、服を脱ぐのが恥ずかしかった。――シャワーを出して、水温を調節するのにひと苦労。

ザッとシャワーを浴びて、分厚いバスタオルで体を拭《ふ》く。

ベッドの中で……。ドキドキして、こめかみにまで響いた。

十六とはいえ、特定のボーイフレンドはいない。キスだって未経験である。

もう決めたんだ！　今さらグズグズ迷っていたって仕方ない。

ひとみは思い切ってベッドの中へ潜り込んだ。

海野が三十分遅れるとして、あと十二、三分あった。ひとみは掛け布団を目のところまで引張り上げて、広大なベッドの端の方でキュッと体を縮めていた。

ベッドサイドのテーブルの時計を、ほとんど一分ごとに見ていた。あと十分、九分、八分……。

あと五分、というところで、ドアのロックが開く音がして、ひとみはワッと頭まで布団をかぶっていた……。

5　意外な顔

美樹は公園の中へと入って行った。

雨は降っていないが、風は冷たく、冬が近いことを思わせた。夜の公園でデートする物好きなカップルも、さすがにほとんど目につかない。

この奥のオブジェの前、だったわね……。

美樹は、公園の中の小径《こみち》を歩いて行った。

ずいぶん広いんだわ、と思った。公園があることは知っていても、中を歩いたことはない。

池があり、噴水は今は止っている。その向うに、人ともキリンとも見える、真直ぐに首を伸ばしたようなオブジェがあった。

あれのことだろうか、落合が言ったのは。

美樹は、オブジェの所まで行って周囲を見回した。――人影はない。

仕方ない。待っていよう。

風に首をすぼめる。――でも、落合が連絡して来てくれたこと、自分に頼ってくれたことは嬉《うれ》しかった。

それに、もしまだ落合が、貴士を撃った人間を見付けていないのなら、殺したりしないように説得するつもりだった。

「——美樹さん」

急に背後から声をかけられ、危うく声を上げそうになる。

「落合さん！　びっくりした」

と、胸に手を当てた。

「すみません」

落合は、木立の間に立っていた。街灯の光が届かないので暗い。

「落合さん——」

「貴士君はどうです？」

と、落合は真先に訊いた。

「ええ、大丈夫。若いから、回復もびっくりするくらい早くて……」

「良かった。——貴士君にもしものことがあったら、僕も生きてはいられない」

「そんなこと、考えないで」

と、美樹は言った。「こっちへ出て来てくれないの？　顔が見たい」

「僕のような人間は影の中でしか生きていけないんですよ」

「そんなこと……。じゃ、私の方が行くわ」

美樹は木立の間へ入って行くと、落合の胸に頬を寄せた。

「美樹さん……。誰かに尾《つ》けられませんでしたか？」

「いいえ。そんなこと……。気にしなかったわ」

「大丈夫でしょう。僕とあなたの関係を知っている人間はいないはずだ」

「落合さん。――聞いたわ。あなたが今の道へ入ったわけを」

「理由はどうでも、今となっちゃ同じことですよ」

「いいえ、違うわ。――私にとっては違う。お願い。仕返しは忘れて、人生をやり直してちょうだい」

「美樹さん――」

「私に手伝わせて。支えにならせてちょうだい」

美樹はそう言うと、落合にキスした。「こんなおばさんでいいのなら」

「美樹さん」

と、落合は抱きしめて、「あなたを忘れたことはなかった」

「私だって……」

そのとき、落合はハッと美樹から離れると、

「足音だ！」

と、身構えた。

次の瞬間、銃声がして、落合は胸を押えてよろけると、その場に倒れた。

「落合さん！」

美樹は膝《ひざ》をついて、「しっかりして！　――どうしよう！　私が尾けられたのね！」

タタッと走り去る足音がした。

しかし、そこへ、激しく吠《ほ》え立てる犬の声がした。

「いてっ！　こいつ！　かみつきやがって！」

と、喚《わめ》く声。

あの声は……。

美樹は立ち上ると、木立の中から走り出た。

あのダックスフントのドン・ファンが、男の足首にかみついていた。男は倒れて、必死で振り離そうとする。

街灯の明りに、男の顔が見えた。

「桂木君！」

と、美樹は言った。「あなただったの！」

「――可哀そうな尾崎さんを線路へ突き落として、代理と言って、あなたのそばにいたんですよ」

殿永が現われた。

「刑事さん！　落合さんが撃たれたんです！　助けてあげて！」

と、美樹が訴えた。

「大丈夫」

という声にびっくりして振り向く。

「落合さん！」

落合が光の下へ出て来た。

「この通り」

と、ニッコリ笑う。

「まあ！　撃たれたんじゃなかったの？」

「防弾チョッキをつけてたんだ」

と、胸の辺りを押えて、「頭を狙われたら困るんで、わざと暗い所に立ってたんです。きっと胸を狙って来ると思った」

「じゃあ……知ってたの？」

「その男のことは知りませんよ。ただ、そこの塚川亜由美君からケータイに連絡をもらってね」

「まあ、塚川さんが？」

亜由美がドン・ファンを手元に呼び戻して、

「黙っててすみません。水畑さんには教えないでくれと言われていたので」

「この間の、この桂木の振る舞いが怪しかったのでね」

と、殿永が言った。

「ドン・ファンの勘は鋭いんです」

と、亜由美が得意げに言うと、聡子が、

「飼い主に似ず、ね」

「うるさい」

と、亜由美は聡子をにらんで、「入院している尾崎さんにも訊《き》きました。桂木なんて男は知らないと言いましたよ。ホームから突き落としたのも桂木でしょう」

「落合が殺す前に、この男を逮捕したかったので、危険はあったが、罠《わな》を仕掛けることにしたんです」

「殺さなくて良かったわ!」

と、美樹は落合の腕にしっかりと自分の腕を絡めた。

「おい!」

かまれた足首を抱え込んで、倒れたままの桂木が言った。「のんびりしゃべってないで、早く救急車を呼んでくれ! 血が出てるんだ!」

「何言ってるの！」

と、美樹が怒った。「息子はあんたに撃たれて、死ぬところだったのよ！」

「ドン・ファン。もう一度かみついてやりな」

と、亜由美が言った。

「やめてくれ！」

桂木が悲鳴を上げた。


入って来た。

ベッドの中で、ひとみは固く目を閉じて、じっと息を殺していた。

布団を頭までかぶっているので、何も見えない。むしろ、入って来た人間の方も、誰が寝ているのか分らないだろう。

今になって、ひとみは後悔していた。

こんなこと、するんじゃなかった！

お姉ちゃん、ごめん！　私の代りになって！

すると、掛け布団がぐいと引張られて、

「――ひとみ！　何してるの？」

と、聞き慣れた声が、

「え？」

目を開けると、何と姉のあゆみが立っていた。

「お姉ちゃん……」

「ひとみ、あんた……裸で、どうしたの？」

「だって、お姉ちゃんが――あの海野って人の愛人になってるって……」

「あんた、どこでそんなこと――」

と言いかけて、「ともかく、早く服を着なさい！」

「うん……」

ひとみはベッドから這《は》い出ると、服を着た。

「――お姉ちゃん、どうしてここに？」

「言われて来たのよ、海野さんに」

「へえ……」

すると、またドアが開いて、

「やあ、待たせたな」

と、海野が入って来た。

「海野さん……」

「仲のいい姉妹を見るのは、気持のいいものだね」

「まさか妹に本気で——」

「もちろんだ。私もこの年齢《とし》で、そんなことで捕まりたくない」

「じゃ、どうして？」

「君たちの仲の良さを見たかった」

と、海野は肯《うなず》くと、「さすがに信江の子だ」

「え？　お母さんを知ってるの？」

「信江は私の娘だ」

あゆみとひとみは言葉を失った。

海野は微笑むと、

「信江は結婚したいと言い出して、私が反対したら駆け落ちしてしまった。私は腹が立って、捜そうともしなかった」

「じゃあ……おじいちゃん？」

と、ひとみがまじまじと海野を見た。

「そういうことになるな」

あゆみとひとみは、気が抜けてぼんやりと突っ立っていた……。

「おめでとうございます」

と、亜由美は言った。

「ありがとう」

と、美樹が微笑んだ。

今日も亜由美は受付のアルバイトである。

――桂木は捕まり、殺人を依頼した人間も逮捕された。落合に痛い目にあわされた小さな組の幹部だった。

そして、落合は美樹と……。

「年齢《とし》の差なんて、大したことないですよ」

と、亜由美は言った。

「ええ、でもね……」

と、美樹は照れたように、「貴士が気にしてるの。弟か妹ができたらどうしようって」

「結構ですね！　――あ、もうお客が来てる！」

亜由美はあわてて受付のテーブルへと駆けて行った……。

解説

山前　譲

大学生の塚川《つかがわ》亜由美《あゆみ》とその友達の神田《かんだ》聡子《さとこ》、亜由美の両親である塚川貞夫《さだお》・清美《きよみ》、清美とはメル友だという殿永《とのなが》部長刑事、亜由美の恋人の谷山《たにやま》准教授、そしてダックスフントのドン・ファンがメイン・キャラクターとなっての〈花嫁〉シリーズも、ずいぶん作品を重ねました。赤川《あかがわ》作品ではじつに多くのシリーズ・キャラクターが活躍していますが、そのなかで〈花嫁〉シリーズの冊数はトップ3に入ります。

事件簿の第一作『忙しい花嫁』は、亜由美が先輩の結婚披露宴に招かれていて、花婿の謎めいた言葉がミステリーとしての興味をそそっていました。華やかな会場にインパクトがあったからでしょうか、どうしてもこのシリーズでは結婚式が気になってしまいます。

もちろん、結婚式でいつも事件が起こればいいなんてけっして（！）思ってはいませんが、新郎と一緒に式場に入ってきた花嫁が犬だった『毛並みのいい花嫁』、「僕を見張っててもらわないと、花嫁を殺してしまうかもしれない」とホテルのラウンジで亜由美が声をかけられている『許されざる花嫁』、大富豪の娘の結婚式で誘拐騒ぎが起こる『綱わたりの花嫁』といった事件は、とりわけサスペンスフルで……。

ただ、やはり結婚式はできるだけ滞りなく進行したほうがいいのです。全体的に見れば、まもなく花嫁になりそうな女性が、そして花嫁に憧《あこが》れている女性がトラブルに巻き込まれてしまった事件のほうが多いのではないでしょうか。

たとえば、二〇一一年十二月にジョイ・ノベルス（実業之日本社）の一冊として刊行された本書に収録されている、「泣きぬれた花嫁」と「売り出された花嫁」です。この二作に結婚式で花嫁が祝福されている場面はありません。当然のことながら結婚式で事件も起こっていません。結婚への道筋を意識する女性が事件の中心にいるのです。

タイトルに「花嫁」と謳《うた》われていながら、なかなか幸せな花嫁を目にすることができないのは、ミステリーの宿命でしょうか。コーネル・ウールリッチ『黒衣の花嫁』や泡坂妻《あわさかつま》夫《お》『花嫁のさけび』など、ミステリーと「花嫁」の相性は抜群なのです。

しかし今、「花嫁」が危機を迎えています。婚活ということばがすっかり定着したように、さまざまな統計資料が晩婚の傾向の進んでいることを示しています。さらには非婚、すなわち結婚しない人もどんどん多くなっているのです。とくに二十一世紀に入ってから顕著です。花嫁が消えていく？

そんなことはないでしょうが、婚姻率のような厚生労働省での統計資料は、婚姻届の届け出件数をもとにしていますが、結婚にはさまざまな形態があります。婚姻届や結婚式にこだわらない形の結婚はかえって増えているのかもしれません。と同時に、さまざまなスタイルでパートナーを見つけてくれる結婚相談所や合コンなど、出会いの場を求めている人も多いのも間違いありません。

「泣きぬれた花嫁」の久保寺結《くぼでらゆい》は二十一歳の女子大生です。合コンで一目惚《ひとめぼ》れしたサラリーマンの原口《はらぐち》を、地下鉄の出入り口で待っていました。初デートなのです。ところが、約束の時間が過ぎても彼は現れません。ケータイもつながりません。本当に、彼は来てくれるのかしら？

不安に駆られるその結に、四、五十人のデモの一団が近づいてきます。びっくりしたのは警官がそのデモ隊の倍以上もいることです。そして突然、地下鉄の駅から何人かの男たちが駆け上がってきて、機動隊へ殴りかかるのでした。ところが機動隊は、デモをしている学生たちに警棒で殴りかかるではありませんか。そして警棒は結にも……。

じつは結は亜由美の高校時代の知り合いでした。「助けて……」という連絡を受け、亜由美は拘束されていた警察へ駆けつけます。殿永部長刑事の助けもあって結は釈放されましたが、病院に直行です。なんとか怪我は治ったのに、今度は亜由美の家に向かう途中でまた襲われてしまうのでした。政治や学生運動とは全く無縁の学生生活を送っていた女子大生が、強大な権力を手にしたある組織の奸計《かんけい》に翻弄《ほんろう》されていきます。何も悪いことはしていないはずなのに、学校は退学となってしまいました。そして結は、なぜかびくびくしている両親に反発して、家を飛び出すのです。

ただ、家出をして転がり込んだのが塚川家だったのは幸いでした。自分の娘にたいしてとはうって変わって、結を手厚くもてなす清美です。原口と喫茶店でデートするまで結は元気になりました。ドン・ファンと一緒にそこでボディガードをしていた亜由美が、結の事件の裏に潜んでいた企《たくら》みに気づきはじめます。

二十一世紀に入ってから赤川作品には、平和や正義への思いを託したもの、あるいは日本社会の危うい傾向に目を向けたものが目立ってきました。

短編集の『悪夢の果て』と『教室の正義』、国家への忠誠を拒んで海外を放浪する作家が登場する『さすらい』、佐々本三姉妹がヒトラーの時代にタイムスリップする『三姉妹、ふしぎな旅日記　三姉妹探偵団20』、気鋭の女性ジャーナリストに殺人容疑がかけられる『落葉同盟』、一億円が平凡な女性会社員の運命を大きく変えてしまう『三毛猫ホームズの闇将軍』、ユニークな母娘が国際的な事件の真相に迫っている『セーラー服と機関銃3疾走』などがあり、『イマジネーション』ほかのエッセイではより直接的な発言がありました。また、〈花嫁〉シリーズでも政治家の暗殺未遂事件が発端の『花嫁をガード せよ!』などがあります。

「泣きぬれた花嫁」では権力の乱用に立ち向かう亜由美たちですが、頼もしいのは殿永部長刑事です。「もともと、警視総監になりたいとは思っていませんでしたからね」などと亜由美に言う場面は、とくにシビれてしまいます。そしてラストにはじつに切ない結の言葉があるのです。そこにこの作品のテーマが凝縮されています。

表題作の「売り出された花嫁」は、亜由美があるパーラーで「月にいくらなら承知する？」という言葉を耳にしたことが発端です。そしてすぐ銃撃事件が！　撃たれた大学生は一命を取り留めますが、本当に狙われたのは二十四、五の女性と愛人契約の交渉をしていた男でした。

その女性、双葉《ふたば》あゆみの愛人契約にさまざまな人生が絡み合っていきます。大学生の母親が営む会社でアルバイトをする亜由美と神田聡子は、その人生の行く末を見守らずにはいられません。またここでも殿永部長刑事の絶妙なサポートが光っています。

赤川作品の刑事といえば、個性的すぎる今野真弓《こんのまゆみ》や大貫《おおぬき》警部、女性恐怖症の片山義太郎《かたやまよしたろう》、マザコンの大谷努《おおたにつとむ》、永井夕子《ながいゆうこ》のワトソン役である宇野《うの》警部らがいますが、〈三姉妹探偵団シリーズ〉の国友《くにとも》刑事やこの殿永はまさに名脇役と言えるでしょうか。メイン・キャラクターを支える姿に惚れ惚れとしてしまいます。なれるものならこんな男性に……いや、もう遅いですね。

月々の手当を示しての愛人契約が、いわば売り出された花嫁ということになります。きょうだいを思うあゆみの心情もまた、じつに切ないものがあります。

婚姻率の低下ということで一九八〇年代に早くも問題となったのは、農村部での嫁不足です。そこで結婚支援事業に乗り出した自治体のなかには、国際結婚を進めたところもありました。経済的な事情も多分にあったでしょうが、アジア圏から花嫁が来日したのでした。結婚斡旋《あっせん》業者も加わって成婚率が高まり、農村の外国人花嫁が話題を集めます。

しかし、なかには悪質なブローカーがいて、高額の斡旋料を要求したりしました。まさにそれは「売りに出された花嫁」だったのです。嫁ぎ先から姿を消してしまう外国人花嫁もいたので、その試みは下火になりましたが、インターネット社会の今、また国際結婚の機会が増えているようです。そして世界的に見れば、習慣や金銭的な問題から、人権をないがしろにされた「売りに出される花嫁」がたくさんいることを忘れてはなりません。

ブライダル業界にはかなり詳しくなったはずの塚川亜由美ですが、谷山とのデートもままなりません。花嫁よりも事件、です。もともとは狩猟犬だったダックスフントならではの機敏な動きで、ここでも亜由美を随所で助けているドン・ファンもまだ独身ですが、どうやら彼は人間の美女がお好きなようなので、こちらも結婚は当分無理でしょう。

そうそう、すっかり忘れていました。塚川夫妻です。少女アニメにぞっこんで涙もろい貞夫と、言動のどこまでが本気なのか分からない清美の微笑ましいやりとりは、痛ましい事件のことを一瞬、忘れさせてくれます。はたしてどちらからプロポーズした？　清美はどんな花嫁姿だった？　これは〈花嫁〉シリーズの最大にして永遠の謎かもしれません。

本書は、二〇一四年六月、実業之日本社文庫として
刊行されました。

売《う》り出《だ》された花嫁《はなよめ》

赤川次郎《あかがわじろう》

平成30年 3月25日　初版発行
令和6年 6月15日　3版発行

発行者●山下直久

発行●株式会社KADOKAWA
〒102-8177　東京都千代田区富士見2-13-3
電話　0570-002-301(ナビダイヤル)

角川文庫 20826

印刷所●株式会社KADOKAWA
製本所●株式会社KADOKAWA

表紙画●和田三造

●お問い合わせ
https://www.kadokawa.co.jp/（「お問い合わせ」へお進みください）
※内容によっては、お答えできない場合があります。
※サポートは日本国内のみとさせていただきます。
※Japanese text only

ISBN978-4-04-105753-7　C0193